古語擬い腑に落ちまんま訳

七五調

源氏物語 2

若紫・末摘花・紅葉賀・花宴

中村博 著

JDC

墨絵　はねおかじろう

装幀　八上祐子

はじめに

とある夜《よ》夢に　立ちたるは
女房装束　姿なの
才長《さいた》け見えし　女性《にょしょう》にて
何や心痛《うれた》き　面持ちに
我れの枕辺《まくらべ》　座り為し
嘆き言の葉　申すには

『時空飛来の　からくり乗りて
今のこの世に　来たりてみれば
私《わらわ》作りし　語りの物を
今風なりに　写して作る
某《なにがし》源氏　様々あるを
とくと眺めて　読み解《と》き見るに
およそ二つの　類《たぐい》と見たり

先ずは私《わらわ》の　元物語
噛みて砕きて　我が物と為し
読み易きにと　編み変え為すの
さながら作者　今人《いまひと》なるは
面白きにも　我が意と為さず

またの一つは　元物語
私《わらわ》作りし　流れに則し
言葉古きを　今にと変えて
忠実なるに　訳してあれど
古言《ふるごと》訳す　辞書さながらに
読むに飽きるの　物とぞ見ゆる

さらに二つの　類《たぐい》は共に
私《わらわ》作りし　古きの時代
言わず語らず　分かりしことを

私《わらわ》略して　書かざるなるを
時経《ふ》るにしも　朧《おぼろ》となるや

写筆写筆の　重なる度《たび》の
過ち積り　通じずなるを
新た解釈　改変為すの
あれやこれやの　歪《ゆが》みの故に

我が意離れの　語りの流れ
ぎくしゃくなりて　腑に落ちぬ箇所
数多《あまた》にありて　読み手は惑い

遺志の固きに　読み進みしの
須磨の返りは　まだしもなるに
気軽取り組み　紙繰《く》りしなの
桐壺挫折　累々《るいるい》なるを
知りての嘆き　堪え難かりし』

夢中《ゆめなか》なるの　我れはしも
「如何に為《せ》よとぞ　現れし
我れは力の　さも無きに」
言いしに女性《にょしょう》　答えるは

『すでに分別　為したる通り
私《わらわ》式部の　紫にてぞ
汝《なれ》が訳せし　万葉歌《まんようううた》の
今に易きの　七五の訳で
詠い作者の　思いの全て
捉え心情《こころ》の　機微《きび》鮮やかに
蘇《よみがえ》らせし　評判《うわさ》を聞くに

汝《なれ》に頼めば　我が物語
古語を使いて　七五の調べ
我れの編みたる　展開まんま
腑に落ち訳を　見事と為せば

読み手喜び　嬉々とに読みて
広きに流布《ながれ》　我が意に添うと
時空飛来の　からくりに乗り
汝《なれ》が夢中《ゆめなか》　出で来《こ》せるなり』

「されど長きの　物語
訳す歳月　ただならず
我が身持つやの　気掛かりぞ」
言うに式部は　またに言う

『私《わらわ》毎夜に　夢中《ゆめなか》出でて
元原文《もとふみ》を　読み聞かせるに
そなた言葉で　言い換えなせば
すらすら訳の　違《たが》いは無しぞ
全て五十四《ごじゅうし》　帖にてあるも
これを十五に　小分けとなして
毎夜話すを　積み重ぬれば
然《さ》ほど歳月　掛かりはせぬぞ
諾《だく》と申せや　もう夜が明ける』

斯《か》くなる次第　始めしの
苦労挙句の　巻々は
物足り無きの　出来なるも
形整い　出で来《こ》しを
世に問う恥を　ここ晒《さら》す

やがてある夜に　来《こ》し式部《しきぶ》

『言い忘れしの　ことあり来たる
汝《なれ》のもの為す　訳文なるを
読むに一夜に　一巻《いちまき》全て
止まず一息　読み果て為せり
この分なれば　源氏《げんじ》物語の全て
読むに一月　掛からずなりや

正に読み手の　福音《ふくいん》にてぞ
斯《か》くて礼にぞ　罷りて来《こ》しぬ

さらに一言　付け足すならば
我れの原文《もとふみ》　並べて読むに
真の我が意が　今世《いまよ》にまさに
速やか伝え　叶うは固し

これを為すにて　副読本に
使い読み為し　然るの後に
講義入れれば　捗《はかど》り早く
聞き手楽しは　違《たが》いも無しぞ
夢と疑う　ことこそ無けれ』

斯《か》くて式部の　夢出で来ずに

◇　◇　◇

源氏物語は長編である。

この長編を読み通すコツは、ものがたり全体の流れを知ることに尽きる。それも一本の軸を通して見るとよくわかる。この軸を「姫君たちとの恋模様」としてまとめたものが、巻末の「光源氏・夕霧・薫と姫君たち」である。ものがたりの道に迷った時、立ち戻りの手掛かりをここに見つけて頂けたら幸いである。

また、帖ごとの「あらすじ」がわかれば、さらに読みやすくなる。そのためには、これも巻末の「年立」が参考となろう。

「木を見て森を見ず」ではなく、森を見て、木々を見て、そしてものがたりの絢爛たる枝葉を鑑賞して欲しい。

七五調　源氏物語2

——目　次

末摘花

巻末資料

若紫

まじなひ加持《かじ》など

―源氏君《げんじ》は病みて北山へ―

源氏君《げんじ》瘧病《やまい》に　罹《かか》られて
種々のまじない　加持祈祷
なせど効果は　然《さ》もなくて
発作《ほっさ》続くに　とある人
「優《すぐ》れ診立てが　北山の
某寺《なにがしでら》に　住まい為し
去年《こぞ》の夏なる　流行《はやり》にも
多々《たた》人のまじない　効果《こう》無きに
これが診立てに　依りたれば
即座快癒の　例数多《あまた》

【瘧病《わらわやみ》】
・間欠熱の一種
・悪寒・発熱が隔日または毎日、時を定めて起こる病気

こじらせたれば　一大事
早《と》くのお試し　なさりませ」
言うを「ならば」と　呼びやるに
「老いて腰さえ　曲がりはて
岩屋出《い》ずるも　叶わずて」
言って来たるを　源氏君
「ならば止む無し　ひっそりと
忍びてそちら　出《い》で向くか
帝《てい》にはそっと　その旨を」
言いて親しき　四、五人を
連れて出で立つ　夜明け前

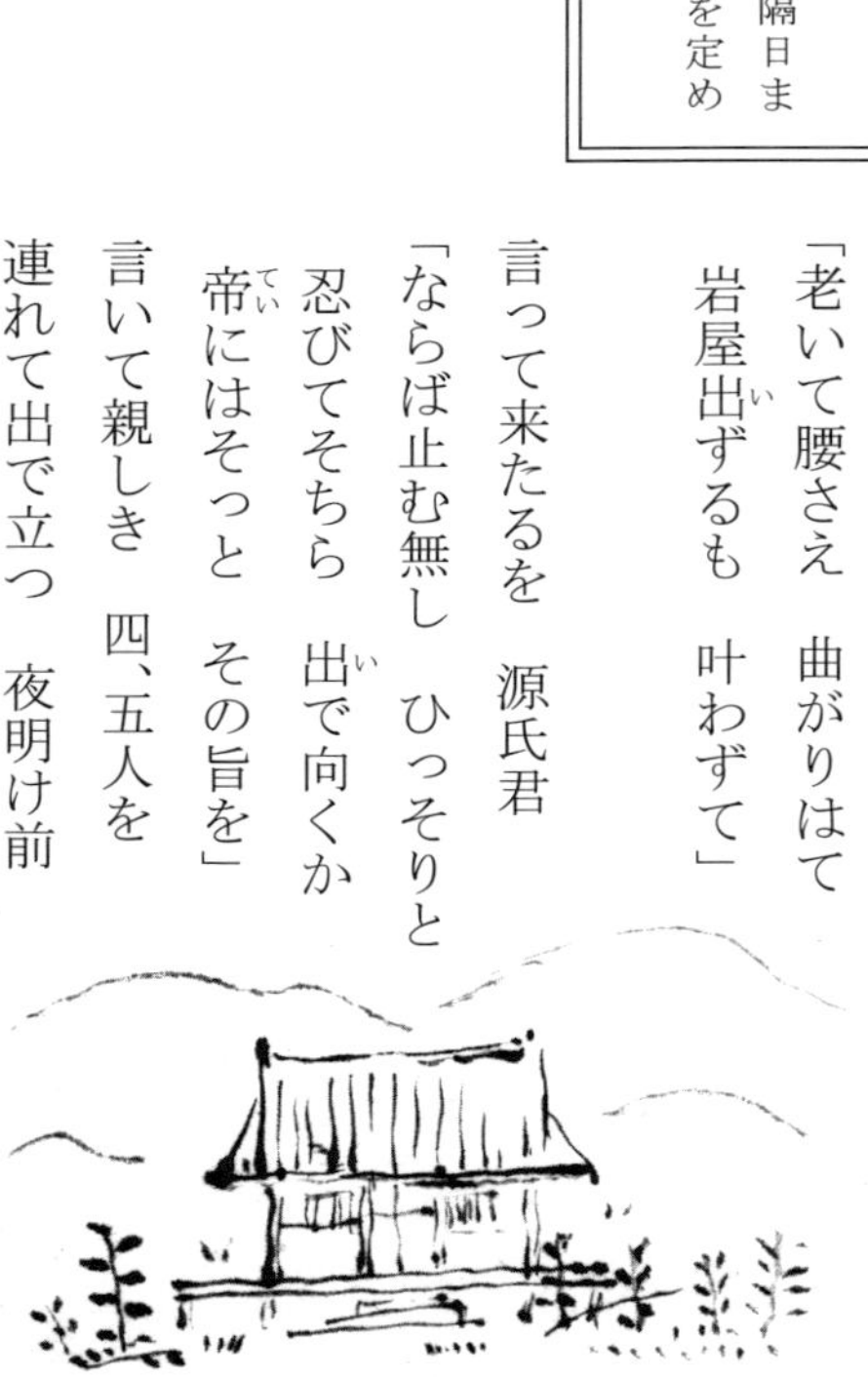

三月《やよい》も末で　京の桜花《はな》
盛り過ぎたに　目指す寺
山深なりて　今盛り

山分け入るに　立つ朝霞《かすみ》
景色趣《おもむき》　深ければ
滅多見られぬ　風情なと
気ままならずの　身の源氏君《げんじ》
珍ら思いに　眺めらる

寺は幽玄　佇《たたず》まい
高き峰なる　岩屋奥
籠り居たるの　斯の聖《かひじり》

登り来たれる　源氏君《げんじ》なの
名も名乗らずの　窶《やつ》し身を
高貴《たかき》身分と　分りしか
「恐れ多きや　先日に
お呼びなされた　お方ぞな

今は現世を　思わずて
修験《しゅげん》行法　忘れたに
如何《いか》でわざわざ　お越しとは」
言いて訪ねを　驚くも
笑みの眼差《まなざ》し　差し向むくは
さすが有徳《うとく》の　僧なりき

護摩符願文《がんもん》　作り為し
源氏《げんじ》君へ与え　加持などを
為《な》すに夜明けて　日も昇る

岩屋を出でて　見渡せば
高見なりせば　はっきりと
あちこち僧坊　下に見ゆ

つづら折り道　下る先
囲むこぎれい　小柴垣
瀟洒《しょうしゃ》家屋や　渡り廊《ろう》下
植える木立も　好《よ》き風情

【護摩符】
神仏の加護が籠っているという札
【願文】
神仏に願を立てるときに願意を記した文

【小柴垣】
小さく細い雑木で作った丈の低い垣

「住むは誰ぞ」と　源氏君
聞くに供人　答えるは
「これぞ某《なにがし》　僧都《そうず》なが
籠り二年の　住まい処《どこ》」

「そうかなるほど　斯《か》の人か
気後《きおく》れするも　諾《うべ》なりし
斯《か》くなる身形《みなり》　知られなば
きまり悪きの　仕儀なりき」

眺めいたるの　その屋敷
こざっぱり着の　女童《めわらわ》ら
多数《あまた》出で来て　閼伽水《みず》を汲み
花を手折るが　目に入る

供の口々　言うことに
「女がいるぞ　あの家に」
「よもや僧都《そうず》が　囲うまい」
「何者なるや　訝《いぶか》しや」

道を下《くだ》りて　覗き来て
「器量娘や　若女房
女童《めわらわ》どもの　見えはべる」
などと知らせる　者もいる

【閼伽水《あかみず》】
仏前に供える水

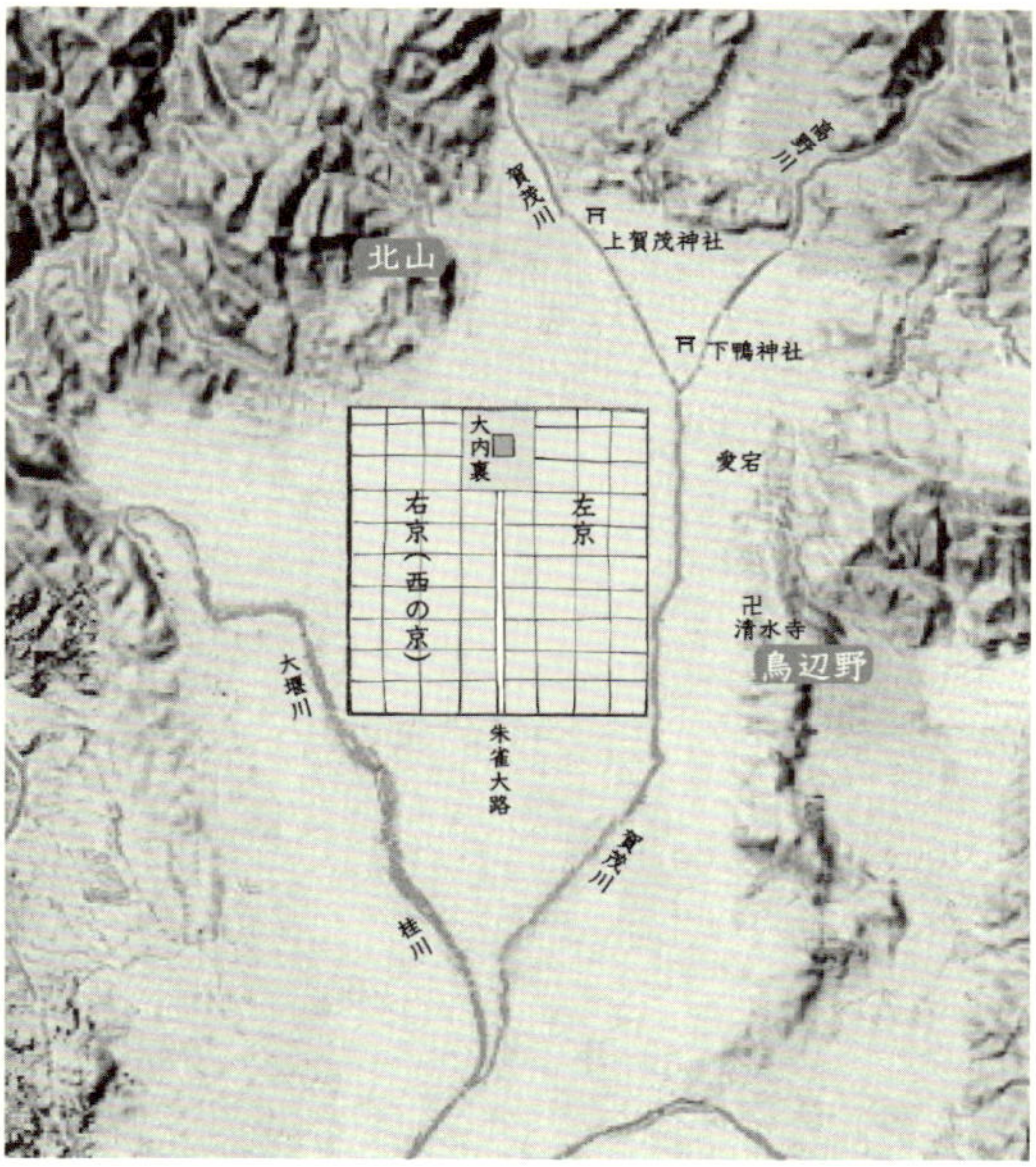

日たくるままに

―源氏《げんじ》君興味の明石姫―

寺に戻りて　源氏君
朝の勤行《ごんぎょう》　励みつに
日高につれて　発作《ほっさ》など
起こりはせぬか　気懸りに

「少し気晴らし　なさいませ
病案《やまい》じを　紛らすが
よきか」と言うを　然《さ》もありと
寺の後ろの　山登り
京《みやこ》辺りを　眺めるに

【勤行】仏前で時を定めて読経、礼拝、焼香などをすること

霞遥かと　懸け亘《わた》り
木々の梢は　煙《けぶ》りたる

見たる源氏《げんじ》君は　思わずと
「いつか見た絵に　似たるやな
斯《か》くなる所　住まう人
世事《せじ》の憂いの　無きぞかし」
言うを得意げ　とある従者

「なんのこれしき　東国《とうごく》の
海山景色　ご覧なば
絵筆技量も　更増しと
何々嶽《だけ》や　富士の山」

聞きた別のが　西国《さいごく》の
風情豊かな　浦々や
磯辺景色を　語り継ぎ
源氏《げんじ》君の気をば　紛らしぬ

「都近くは　播磨国
明石浦こそ　格別ぞ
これぞの名勝　無かりせど
眺め渡すの　海原は
他に無きやの　景色にて
のどか感じの　限りなし

先の播磨の　国の守《かみ》
今は出家の　入道が
大切《だいじ》娘を　住まわせる
家は豪勢　極め為《な》し

大臣出《おとどいだ》せし　家柄で
出世もできた　人なれど
ひねくれ者の　変わり者
宮廷人《ひと》付き合いも　疎《うと》ましと
近衛中将　官位捨て
願い出たるの　播磨守《はりまかみ》

されど性質《さが》故　国人《こくじん》に
侮《あなど》り受けて　腹いせに
『またも都に　帰るなぞ
何の面目　あってぞな』
言いて出家の　入道に

【国人】
・在地の武士
・その国に居住している武力を有する者

さりとて山に　籠る無く
海辺近くに　暮らすなは

ひねくれ性質《さが》も　然《さ》りながら
如何《いか》な播磨が　山がちで
隠遁場所の　多々あれど
深き山里　人気《ひとけ》無く
連れ行く若き　妻子なの
心細きを　思いてか
はたまた海を　入道が
好みたるやの　所為《せい》なるや

つい先頃に　この我れが
明石下《くだ》りた　その序《つい》で
様子どうかと　立ち寄るに
都不遇と　裏腹に
辺り一帯　広々の
屋敷構えの　様子なは
侮《あなど》り受けし　守《かみ》とても
得たる財力　故にてぞ
見るに余生を　裕福に
暮らすに足りる　様《さま》なりし

仏道修行　よく励み
法師になりて　後にこそ
品格よしと　なりたるか」

聞き入る源氏《げんじ》君　問いたるは
「如何《いか》な女ぞ　その娘」

「器量性格　無難かと
後任守《かみ》の　幾人《いくにん》か
用意おさおさ　怠らず
縁談我れと　言い寄るも
入道頑《がん》と　受け入れず
『我は不遇を　託《かこ》ちしも
一人娘に　然《さ》はさせじ
我れ死したるの　後にても
願い志《こころ》の　叶わずば
海へその身を　投げよかし』
とその遺言《いごん》を　常々と」

言うを聞きたる　源氏君
面白きやに　思いたる

聞いた人々　笑い合い
「海龍王の　妃にと
させる心算《つもり》か　秘蔵娘《ひぞっこ》を」
「望み高きも　困りもの」

斯《か》くなる話　披露すは
播磨守の　息子にて
蔵人《くろうど》役を　勤め上げ
今年従五位《じゅごい》に　なりし若者《もの》

「お主知られた　色好み
さては入道　遺言《いごん》なを
破ろうなるの　魂胆ぞ」
「立ち寄りたるは　そのためか」
と口々に　言い合えり

「さてもどうかや　そんな娘《こ》は
田舎臭くに　なかりしや
辺鄙《へんぴ》生まれの　育ちにて
親の言いなり　なりしとは」

「しかし母親《はは》なは　由緒ある
家柄らしく　思われる
清《すが》し女童《めわらわ》　若女房
都高貴の　諸家《しょいえ》から
伝手《つて》を頼って　捜し出し
娘の世話を　懇《ねんご》ろに」
「その甲斐なしの　育ちなば
心安んじ　居るまいに
思うにかなり　良き娘」

言うを聞きつつ　源氏君
「海に身投げよ　思うとは
如何《いか》にも深き　思い込み
海の海松藻《みるめ》も　さぞかしや
人の見る目も　悪かりし」
言いつ興味は　ただならず

供人たちも　源氏《げんじ》君をば
(他人《ほか》とは違う　風変り
興味覚えの　性格《たち》なれば
聞き捨て無き)と　見給えり

「日も暮方《くれがた》に　なりしかば
発作起こりも　無《な》かりしに
もうそろそろの　ご帰還を」
供が言うのを　大徳《だいとく》が
「病と別に　物の怪《け》が
付いているやに　見侍るに
今宵はここで　身を休め
愚僧加持など　勤めるに
明日のお発《た》ちと　なさいませ」
申すに皆も　「さもなり」と

斯様《かよう》旅寝の　珍しく
興味抱きし　源氏君
「ならば明朝　発《た》つことに」

【大徳】
徳の高い僧

日もいと長きに

―垣間見たるの美しさ―

春の日長の　所在無《な》を
紛《まぎ》らわせんと　源氏君
暮れの霞に　紛れてや
先に見たるの　小柴垣
供は帰して　惟光《これみつ》と
近づき行きて　眺むるに
西の部屋内　持仏《じぶつ》据え（守り本尊の仏像）
勤め為すのは　尼なりき

御簾《みす》をかき上げ　花供《そな》え
中の柱に　寄りかかり
脇息《きょうそく》上に　経を置き
苦しげ誦経《ずきょう》　為す尼は
並みの人とは　見えなくて
齢《よわい》四十を　過ぎたるか
身は上品な　色白で
細身なれども　ふくら頬
目元涼やに　削《そ》ぎ髪の
端正《たんせ》そろえは　長きより
今風めきて　こころ惹く

【削ぎ髪】
- 尼の髪形
- 垂れ髪を肩のあたりで切り揃えた形
- すべて剃り下ろすものもある

こざっぱりなる　二女房
控える傍に　女童《めわらわ》の
部屋を出入りし　遊びおる

中に齢《よわい》の　十歳《とお》ばかり
白い単《ひとえ》に　着褻《な》れたる
山吹襲《かさね》　上に着た
走り来たるの　女の子
他とは違い　際《きわ》立ちて
（娘《むすめ》時分とならば　さぞ美形）
思い抱かす　器量よし

【単《ひとえ》】
・裏地のついてない衣服
・肌に直接着る衣服
【襲《かさね》】
・衣服を重ねて着るときの衣と衣の配色、または衣の表と裏との配色
・卯の花襲、山吹襲など

広げ扇の　髪揺らし
立ちたる顔の　赤きなは
涙こすりの　所為《せい》なるか

「どしたの子等と　喧嘩かや」
見上げる尼《あま》君は　さも似たり
（母娘《おやこ》なるか）と　源氏君

「犬君《いぬき》（召使の女童の名前）逃がしつ　雀の子」
伏籠《ふせご》に入れて　居りしやに」
とて悔しげに　しゃくり上ぐ

側の女房が　それ聞きて
「あのぼんやりが　またもかえ
こんなことして　叱られて
何処《どこ》へ行ったか　雀ちゃん
やっと可愛く　なりつるに
カラス見つけば　大事《おおごと》よ」

言いつ立ち行く　髪姿
ふさと長きの　美形なり
呼ぶにその名を　少納言
乳母《めのと》云うなは　この子をば
世話する乳母《うば》と　見受けなす

「聞き分けなしの　子供やな
我れが命の　今日明日も
知れずいうなを　思わずに
雀なんぞを　可愛がり
生き物捕るに　罰来ると
いつも言うのに　困った子」

「ここへ」と言うに　前座る

顔付きとても　可愛くて
眉はほのかと　生え煙《けぶ》り
掻き上げ髪の　あどけなく
額《ひたい》かかりて　生え際の
なんとも言えぬ　美しさ

見たる源氏《げんじ》君の　思うには
（育ち行きなば　さぞなるや
斯《か》くもこの目を　引きつくは）
そうか似たるや　この胸を
焦がし続ける　斯《か》の女人《ひと》に
思うや伝う　頬涙

尼君髪を　撫で擦《さす》り
「櫛を入れるの　嫌がるが
ほんときれいな　髪だこと

未《いま》だに子供　じみたるが
心に懸かり　仕方なし
この歳ならば　今少し
物分りたる　人居るに

そなた母なる　亡き娘
父亡くしたは　十歳《とお》ばかり
なれど分別　できたるに

そなた残して　我れ死なば
如何《いか》に生きるや　汝《なれ》ひとり」

言いてさめざめ　泣くを見て
我れも悲しの　源氏君

子供心に　分りたか
じっと尼君　見つめなし
伏し目となりて　俯《うつむ》くの
零《こぼ》れる髪の　美しさ

育ち行く
行く末見えぬ
幼子の
汝《なれ》残してや
死ぬにも死ねず

傍居る女房　頷《うなづ》きて
「ほんにまあ」とぞ　もらい泣き

幼子の
育つ行く末
見届けず
何故《なぜ》に死ぬなど
言われまするや

生ひ立たむ
ありかも知らぬ
若草を
おくらす露ぞ
消えむそらなき

初草の
生ひ行く末も
知らぬまに
いかでか露の
消えむとすらむ

この上の聖《ひじり》の方に
―僧都《そうず》の坊へ誘《いざな》われ―

そこに僧都《そうず》が　部屋に来て
「ここは外から　見通しぞ
今日に限って　なんとまあ
端近《はしぢか》なるに　御座《おわ》すとは

上の聖《ひじり》の　僧坊に
瘧病平癒《やまいへいゆ》の　まじないと
源氏中将　お越しなを
聞き及びたる　今しがた

ごくのお忍び　知らずにて
近く居ながら　見舞いせず」
言うを尼君　驚きて

「それは大変　もしかして
みっとも無きを　見られしや」
言いつ御簾《みす》をば　下ろしなす

「世評高きの　源氏君
お目に懸れる　好《よ》き折ぞ
俗世捨てたる　法師とて
この世憂いを　忘れさせ
寿命延びるの　姿とか
さてもお目もじ　挨拶を」

言いつ立ち行く　音するに
源氏《げんじ》君元へと　戻りたる

（さても見たるや　可愛い子を
世の好色者《すきもの》が　忍び行き
意外女《おんな》見つける　諾《うべ》なりし
偶《たま》の出掛けに　我れしもや
思いがけ無《な》に　出会うとは）

（さても可愛い　子でありし
如何《いか》な子なりや　気にかかる
焦がれ斯《か》の女人《ひと》　代わりにと
手元に置きて　朝夕の
こころ慰《なぐさ》に　したきやな）
心底思う　源氏君

戻りし源氏君《げんじ》　臥す許《もと》に
惟光《これみつ》訪ね　僧都《そうず》弟子
申す口上　僧坊の
狭きの故に　聞こえくる

『奥の坊へと　来られたを
今のしがた　人に聞き
すぐの伺候《しこう》と　思いしも
拙僧籠る　お知りやに
などて忍びて　お上《のぼ》りと
訝《いぶか》り思い　躊躇《とまど》いし

お宿用意も　我が坊で
致しまするに　口惜《くちお》しく』

『今月十日　過ぎ頃か
瘧病《わらわやみ》をば　患《わずら》いて
起こる発作《ほっさ》に　堪《た》え切れず
人の勧めに　思い立ち
急遽《いそぎ》ここへと　来た次第

名高き聖《ひじり》　尋ねるも
祈祷効験《こうげん》　なかりせば
体裁《ていさい》悪き　ことのうえ
名高き故に　不名誉と
なりはせぬかと　気遣いて
ごく内密と　やって来《こ》し
後刻そちらと　思いおる』
通じ惟光《これみつ》　伝えなす

早速《さっそく》来たる　僧都《そうず》なの
さすが世間が　信《しん》頼置ける
卑《いや》しからざる　物腰に
微服《びふく》恥じ入る　源氏君

山籠りての　あれこれを
僧都さらりと　語り終え

「代わり映《ば》えなき　草庵《あん》なれど
少し涼しの　遣り水を
ご覧なさるは　如何《いかが》かや」

しきり勧むに　源氏君
（我れをまだ見ぬ　人に向け
この世憂《うれ》いを　忘れるの
寿命延びるの　吹聴《いい》たるを
面映《おもは》ゆきや）と　思えども
こころ惹かれし　あの少女《こども》
気に懸りしも　手伝いて
僧都坊へと　お出かけに

僧都言うたに　違《たが》いなく
同じき草や　木々なるも
心配《くば》りた　植え風情

月の出《い》で来ぬ　頃なれば
遣水《やりみず》ほとり　篝火《ひ》を灯し
吊灯篭《どうろう》に　灯《ひ》入れたり

庭を見渡す　南座敷《へや》
調度設《しつら》え　清《すが》しくと
空薫物《たきもの》香り　ゆかしくに
仏前供《そな》う　名香《めいこう》の
香る匂いの　満ちいたる

そこに源氏君《げんじ》の　薫《た》き込めた
香り加わり　漂うに
奥の部屋なる　女房らの
こころ躍りも　格別に

罪のほど恐ろしう

—正体如何《いか》に斯《か》の少女《こども》—

【我が罪なるの・・・】
この時源氏《げんじ》君はすでに藤壺との逢瀬を遂げていた・・・？

僧都《そうず》源氏《げんじ》君に　語るのは
この世常無く　儚《はかな》きと
因果応報　来世にと
源氏君《げんじのきみ》は　聞くにつけ
（我が罪なるの　恐ろしさ
得てはならぬの　恋に落ち
生きる限りの　懊悩《おうのう》や
来世待つやの　苛《さいな》みの
如何ばかりかは　果て知れず）

思うにつれて　斯《か》く如き
山住まいしも　あらまほし
つ、と胸中《むねなか》に　過ぎにしも
思う側《そば》から　昼間見た
少女面影　浮かび来て
「ここな住まうの　女性《にょしょう》らは
如何なお方に　ござるやな
いえ何以前　夢中《ゆめなか》に
見たるを今に　思われて」

聞いた僧都は　目で笑い
「これは唐突《きゅう》なる　夢話
聞くにがっかり　されますな

さても按察使《あぜち》の　大納言
死して久しく　なりぬれば
ご存じ無きと　思わるが
その妻なるが　我が妹《いもと》(尼君)
按察使《あぜち》が死後に　尼なるの
近頃病《やまい》　勝《が》ちとなり
我れ山籠《こも》りての　京無沙汰《ぶさた》
心細きに　我れ頼り
ここに来ておる　次第にて」

聞いて源氏君は　当て推量《ずいりょ》
「さてその大納言　娘御《むすめご》が
居られたやにと　聞きたるが
いえ色恋沙汰《いろざた》の　気ではなく
真面目気持ちの　尋ねにて」

「さても娘が　一人だけ
それも亡くなり　十年《ととせ》ほど

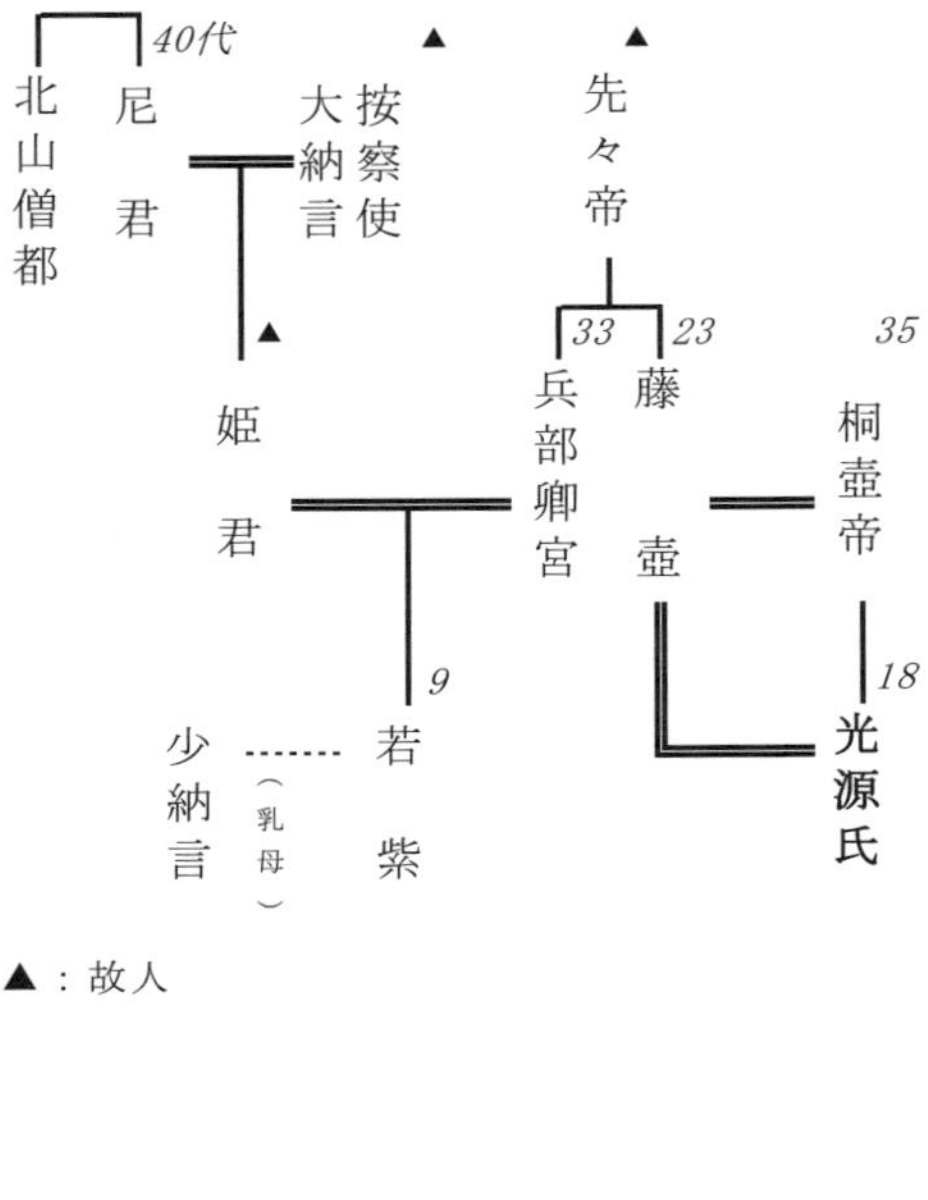

▲：故人

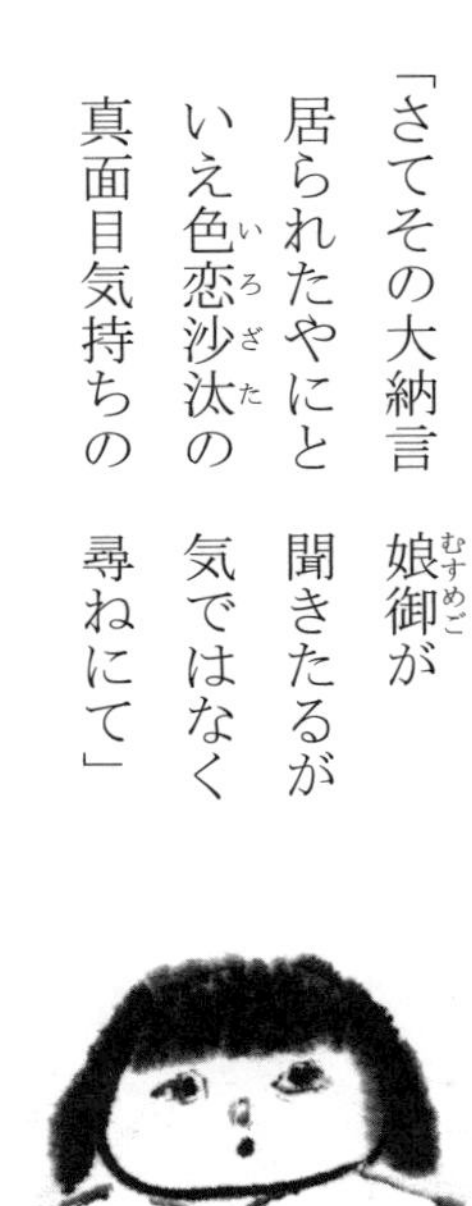

斯《か》の大納言　娘なの
入内《じゅだい》望みて　大切《だいじ》にと
育ておりしに　宿望を
遂げぬままにて　あの世へと
残る娘を　母一人
やっと思いで　育てしに

誰が手引きを　なされたや
兵部卿宮《ひょうぶのみや》が　通い来《こ》し

兵部卿宮《ひょうぶのみや》の　北の方
高貴《たかき》家柄　人なりて
ために気苦労　多くてぞ
明け暮れ思い　悩み為し
ついに姪御《めいご》は　亡くなりぬ
思い嵩《こう》じが　死病《しやまい》に
なるを見たるや　目の前に」

聞きて源氏君《げんじ》は　合点《がてん》する
(先ごろ見たる　あの少女《こども》
按察使《あぜち》の姫君《ひめ》と　兵部卿宮《ひょうぶきょう》
間生まれし　子なるか)と

(兵部卿宮《ひょうぶのみや》の　血筋なら
斯《か》の女人《ひと》似るも　諾《うべ》なるや)
思うに更と　惹かれ為し

(気品備えの　美しく
利口ぶったる　様子無《な》き
手元に置いて　我が意にと
教え育てを　したきやな)
までも思うの　源氏君

「なんと気の毒　身なるかな
ところで忘れ　形見など・・・」
今も少しと　斯《か》の子をば
知りたく思い　尋ねるに

「亡くなる前に　一人しも
女の子にて　ありしかば
こころ悩みの　種にてと
老い先思い　嘆きつる」

(やはりそうか)と　源氏君
「不躾《ぶしつけ》ながら　この我れが
幼き方の　後ろ盾
したき旨をば　尼君に

かねがね思う　ところにて
既に所帯を　持ちしかど
心の染まぬ　仲にてぞ
一人暮らしも　同然に

世間一般　思うには
なんと不似合　怪訝《おかし》げな
申し出《い》でかと　見られしも」

聞きた僧都《そうず》は　意外やと
「勿体《もったい》なきの　お言葉ぞ
されどあの子は　まだ幼稚《こども》
冗談にても　お相手は・・・

女と言うは　そもそもに
男の世話を　受けてこそ
一人前の　大人にと・・・

分りまするが　僧の身が
あれこれ申す　ことでなし
あれの祖母へと　申しおき
いずれお返事　させまする」

堅苦しくも　あたふたと
言うに源氏君《げんじ》も　気が引けて
何も言い得ず　口噤《つぐ》む

「阿弥陀仏《あみだ》を祀《まつ》る　お堂にて
お勤めすべき　時刻なり
初夜《そや》の勤めも　これからで
済ませた後に　参り来《こ》す」
言いて僧都は　お堂へと

【初夜《そや》】
・おおよそ午後七時から九時ごろまで
・一昼夜を六等分した夜の部（初夜・中夜・後夜）の最初

滝のよどみも

―思い届けと尼君へ―

病《やまい》の所為《せい》か　源氏君
勝《すぐ》れぬ気分　抱《いだ》きしに
折から雨も　降り来たり
吹き来る山風《かぜ》も　冷ややかと
水嵩《みずかさ》増した　滝の音
こころなしかや　高く聞く
眠たげ読経《どきょう》　絶え絶えに
聞こえ来るさえ　気味悪し

斯《か》くなる場所に　居りたれば
誰しも気分　沈むやに
まして源氏《げんじ》君は　あれやこれ
思い悩みの　多くにて
眠りも為《な》せず　鬱々《うつうつ》と
初夜《そや》と言いたに　来るかやと
待ち居る間にも　夜も更けぬ

起き居《お》る気配　奥の部屋
数珠《じゅず》の脇息《きょうそく》　触れる音
衣擦《きぬず》れ音の　さやさやと
聞こえ微《かす》かの　品の好《よ》さ

、さほど遠くで　無きからに
立てたる屏風　中ほどを
少し引き開け　扇をば
聞こえば来《こ》よと　鳴らしみる

思いもかけぬ　呼びつけに
聞こえぬ振りも　如何《いかが》かと
にじり出《い》でくる　一人女《ひと》
少し間遠《まどお》に　近づきて
「空耳かしら　変だこと」
不審げ言うを　源氏君

「仏導く　道なるは
いかな暗きに　あろうとも
違《たが》うことなど　ありはせぬ」
声若々と　気品ある
源氏《げんじ》君の問うに　女房は
答え声音《こわね》も　恥ずかしく
「導き申す　先なるの
何処《いずこ》なるかを　知らなくに」

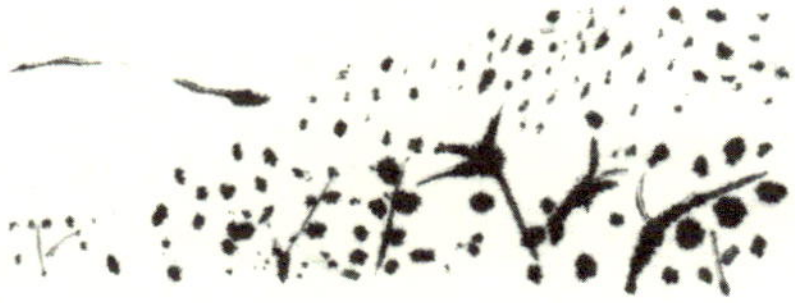

【仏導く・・・】
従冥入於冥《くらきよりくらきにいりて》
永不聞仏名《ながくぶつみょうをきかず》
(凡夫は生と死を繰り返し永遠に悟ることがないー仏の導きがあればこそ救われる)
—法華経—

言うを聞きたる　源氏君
「ほんに不躾《ぶしつけ》　道理なも
萌え初《そ》めし
若葉の少女《おとめ》
見てからは
恋の涙で
袖も乾かず
とぞのお伝え　願いたし」

初草の
若葉の上を
見つるより
旅寝の袖も
露ぞ乾かぬ

聞きたる女房　答えるに
「斯様《かよう》な歌を　頂くも
お受けすべきの　女《ひと》無きを
ご存じなるを　はて誰に」
「申し上げるの　理由《わけ》なるは
何《いず》れ分ると　お思いに」
言われて女房　奥戻り
尼君なるに　取り次ぐに

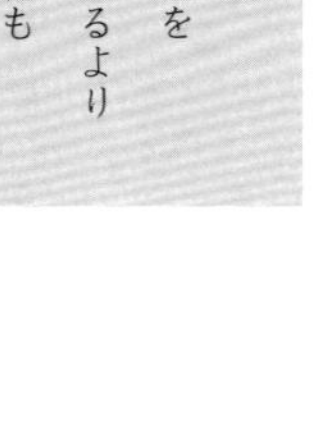

「何と今風　軽々と
まさかここなる　姫君を
男女の仲を　知る歳と
思いなされし　問いかけか

さても我が歌　『若草』を
どこでどうして　聞かれたや」
納得できぬ　思いにて
こころ落着き　出来ぬまま
返歌《かえし》遅れは　見苦しと

一夜《ひとよ》なる
仮初《かりそ》め涙
比べじや
深山《みやま》暮らしの
深き涙と

袖乾かぬは　こちらなり」

枕結ふ
今宵ばかりの
露けさを
深山の苔に
比べざらなむ

なおも源氏《げんじ》君は　食い下がり
「人介《かい》しての　ご挨拶
未《いま》だ為《せ》なくの　初めてぞ
恐縮ながら　折角の
機会なりせば　真面目なる
話《はなし》したきの　ことありて」
聞きた尼君　女房らに
「お聞き違えを　なされしや
身分高きの　あの方に
お答えするの　ことぞ無き」
「それは余りに　礼ぞなし」
女房言うを　尼君は

「そうね高貴の　方相手
若い人には　手に余る
誠実なるの　物言いを
捨て置くことも　恐れ多《お》い」
言いて尼君　近くへと

「あまり唐突　軽薄と
お思いなるも　仕方なし
されど決して　然《さ》にあらじ
仏様なら　ご存じぞ」
言うも源氏君《げんじ》は　尼君の
落着き払い　凛《りん》たるに
気後《きおく》れ話　切り出せず

「思いもかけぬ　お目もじに
斯《か》くもおっしゃる　言の葉を
軽薄などと　とてもにて」
尼君言うを　源氏君

「母親《はは》亡くされし　姫君の
お労《いたわ》しきの　身の上を
我れが引き受け　如何《いかが》かや
我れも年端《としは》の　行かぬころ
世話し育てる　人亡くし
頼りすべきの　人なしに
この年月を　重ね来《こ》し

同じ身の上　姫君を
共に生きるの　お仲間と
願いたくての　申し出《い》で

滅多と無きの　機会故
そちら思いも　憚《はばか》らず
申し上げたる　次第にて」

「とても嬉しい　話なも
お聞き違えに　なかりしや

この年寄りを　頼りにと
身寄せる子供　居りしかど
未《いま》だたいそう　幼くて
ご意向添える　はずもなく
とてもにお受け　出来ぬにて」

なおも源氏君《げんじ》は　諦《あきら》めず
「すべて承知の　申し出ぞ
そうは固くに　考えず
我れが姫君　慕いての
深き心と　思《おぼ》し召せ」

聞くも尼君　思うのは
(とてもに似合う　筈なきを
知らず仰せに　なるぞかし)
斯《か》くて確たる　返事《へん》なさず

そこへ僧都《そうず》の　戻り来《く》に
「話これまで　いたそうや
言いたきことの　あらかたは
申し上げたに　また何《いず》れ」
言いて屏風を　閉ざし為す

夜明け間近《まぢか》と　なりぬるに
法華三昧《ざんまい》　為す堂の
罪過懺悔《ざんげ》の　声なるが
山吹き降ろす　風に乗り
聞こえ来たるの　尊きに
和して響くの　滝の音

山風《あらし》吹き
寝夢《ゆめ》は破れぬ
思慕夢も
滝の音《ね》誘う
更なる涙

詠《うた》いかけたる　源氏君《げんじ》へと

吹き迷ふ
深山おろしに
夢さめて
涙もよほす
滝の音かな

滝の音が
誘う涙と
申さるが
動くことなき
我が澄み心

聞慣《な》れた耳には　一向に」
返す僧都の　素っ気なき

さしぐみに
袖ぬらしける
山水に
澄める心は
騒ぎやはする

明けゆく空は

―癒《い》えて別れの宴となる―

明け行く空は　霞立ち
鳥の囀《さえず》り　あちこちと
名も分らぬの　木々や花
色とりどりに　散り混じり
まるで錦を　敷いた様
そこに鹿来て　歩くをば
珍《めず》らとご覧　源氏君
気分悪きも　紛《まぎ》れてぞ

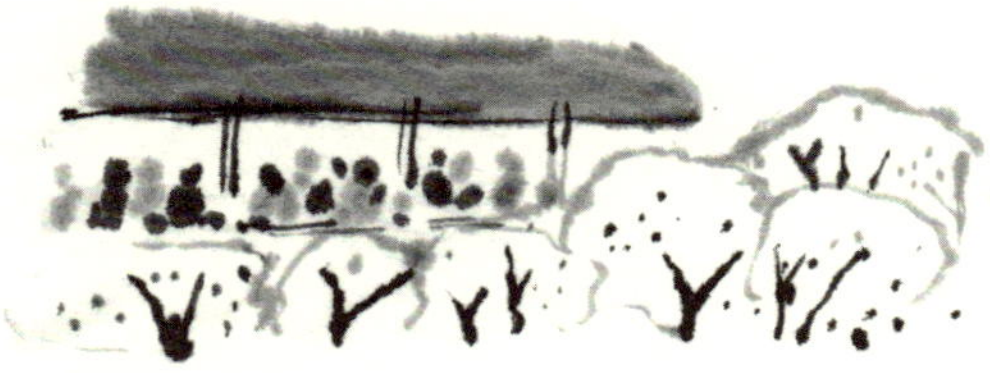

身動き容易　ならざるの
聖《ひじり》辛《かろ》うじ　参来《まいき》たり
護身《ごしん》修法《しゅほう》を　授けらる
嗄《しわが》れたるの　歯抜け声
修行年功　経《へ》たるやの
誦《よ》みたる経は　陀羅尼経《だらにきょう》
病癒《い》えたる　源氏《げんじ》君へと
迎え京より　参来《まいき》たり
口々述べる　お喜び
帝《みかど》お寄越《よこ》し　お見舞いも

別れに際し　かの僧都《そうず》
またと見られぬ　果物を
谷底までも　求め当て
心尽くしの　支度《したく》なし

「今年いっぱい　山籠もり
固く誓を　立てたれば
京への送り　為《な》し得ぬの
心残りも　もどかしく」
言いてご酒など　勧めらる

言うに応えて　源氏君
「清らかなるの　山水《やまみず》に
心惹かれの　惜《お》しかれど
帝《みかど》心配　お掛けすも
恐れ多きの　限りにて

ここの桜の　散らぬうち
またの参《まい》るを　約《やく》束すにて
内裏《だいり》へと
語りてここの
山桜
見ずは措《お》かぬぞ
風吹くまでに」

宮人《みやびと》に
行きて語らむ
山桜
風よりさきに
来ても見るべく

詠《うた》う様子や　その声の
眩《まぶ》し床しに　誘われて
「待ち居たる
　優曇華《うどんげ》花を
　見た心地
深山桜《みやまざくら》に
　目も移らぬて」
言うに源氏《げんじ》君は　にっこりと
「三千年の　時超えて
咲く花になぞ　譬《たと》えるは
我れなぞ　とても　とてもにて」

優曇華の
花待ち得たる
心地して
深山桜に
目こそ移らね

【優曇華《うどんげ》】
・三千年に一度咲くと伝えられる花
・人の目に触れないため咲いた時を瑞兆と見る

盃を給いた　聖《ひじり》なは
「松扉
　偶《たま》さか開けて
　見し花は
未《いま》だ見なくの
　優曇華《うどんげ》花ぞ」
言いて見上ぐの　頬涙
聖源氏《げんじ》君に　お礼にと
身守り独鈷《どっこ》　さし上ぐる

奥山の
松のとぼそを
まれに開けて
まだ見ぬ花の
顔を見るかな

【独鈷】
密教で用いる仏具の一つ

ご覧僧都《そうず》は　我れもとて
昔　聖徳　太子なが
百済国より　手に入れた
宝玉《ほうぎょく》なるを　飾りたる
金剛子《こんごうし》実の　数珠《じゅず》なるの
入手当時の　唐風の
筥《はこ》に入れたを　更にまた
透《す》かし編みなる　袋入れ
五葉《ごよう》の枝に　結いたると
紺碧《こんぺき》色の　瑠璃《るり》の壺
種々の薬を　入れたるを
藤や桜の　枝に付け
さらに山里　相応《ふさわ》しい
種々の贈《おく》物を　献じたり

【金剛子】
・コンゴウシノキの種子
・黒色で堅くて丸く数珠の玉や装飾品に用いる

【紺碧】
藍がかった濃い青色
【瑠璃の壺】
青色の宝石でできている壺

これに応えて　源氏君
聖《ひじり》を始め　連なれる
読経勤めし　法師らに
予《かね》て京より　取り寄せし
布施《ふせ》の品々　礼物《れいもつ》を
さらに辺りの　樵《きこり》まで
相応《ふさわ》しきをば　賜わりて
後の更なる　誦経《ずきょう》をと
寄進を為して　出で立ちぬ

僧都《そうず》戻りて　尼君へ
源氏《げんじ》君言いたる　言上《ことづて》を
言葉違《たが》えず　伝えるに
「今は何とも　申せずて
四、五年経《へ》たる　後にても
ほんに御志《みこころ》　変わらねば
如何様《いかよう》なりと　考うに」
『斯様《かよう》なりし』の　返事《へん》受けて
意の通《つう》じずを　嘆きしも
諦《あきら》め為せず　源氏君
僧都仕えの　子童《こわらわ》に
歌をば託《たく》し　尼君へ

「昨夕に
　仄か見し花
　思われて
　霞立つ今朝
　立ち去り難し」

尼君からの　返事《かえし》には

立ち去りの
　難きと言うは
　真実《まこと》やな
見たき心の
　仄か霞める

奥ゆかしきの　筆跡《ふでのて》の
さらり書きたる　品の良さ

夕まぐれ
　ほのかに花の
　色を見て
今朝は霞の
　立ちぞわづらふ

まことにや
　花のあたりは
　立ち憂きと
霞むる空の
　気色をも見む

何処《いづち》ともなくて

——迎え来たりて桜花《さくら》の宴《うたげ》——

さあ出発《いでたち》と　源氏君
牛車《くるま》乗ろうと　する矢先
「何処《どこ》へ行くとも　告げぬまま
お出かけなさる　ことやある」
言いて迎えに　来たるなは
左大臣家《さだいじんけ》の　子息《むすこ》たち
大勢してぞ　到着に
中に頭中将《ちゅうじょう》　左中弁《さちゅうべん》(蔵人弁)

他の公達《きんだち》　口そろえ
「斯《か》くなるお供　我々も
喜び参る　所存なに
置き去りさるの　恨めしく」
「斯《か》くも見事な　桜花陰《はなかげ》に
留《とど》まりせずと　戻るなは
勿体《もったい》無きの　限りにて」
言いて岩陰　苔の上
座して始まる　酒宴《さけうたげ》
落ち来る水の　風情など
趣深き　滝ほとり

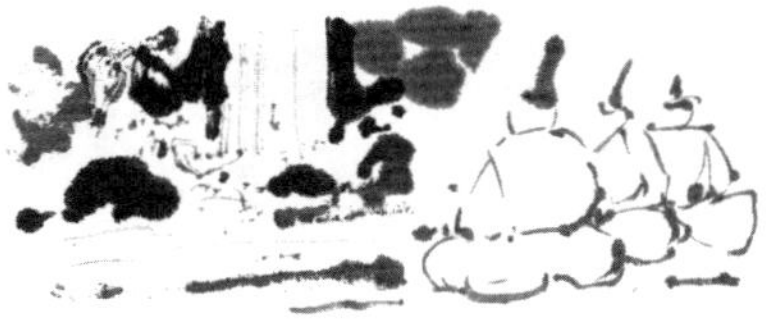

頭中将《とうのちゅうじょう》　懐の
横笛《ふえ》取り吹くの　澄み音色
左中弁《べん》は扇を　打ち鳴らし
「豊浦《とゆら》の寺の　西なるや」
とて催馬楽《さいばら》を　謡《うた》いだす

何《いず》れ劣らぬ　子息《むすこ》なも
怠《だる》げに岩に　寄りかかる
源氏君《げんじ》姿の　優美《うつくし》さ
他に比べなく　目引きたる

常の管弦　遊びにて
篳篥《ひちりき》吹くの　随身や
笙《しょう》の笛持つ　芸達者
来たりし供に　混じりたる

【豊浦の寺の】

葛城《かづらぎ》の　寺の前なるや
豊浦《とゆら》の寺の　西なるや
榎《え》の葉井《はい》に　白璧《しらたま》沈くや
真璧《ましらたま》沈くや
おしとんど　おしとんど
然《しか》してば　国ぞ栄えむや
我家《わいへん》らぞ　富《とみ》せむや
おしとんど　おしとんど
おしとんど　おしとんど

―催馬楽・葛城―

（葛城寺の前にある
豊浦の寺の西にある
その榎の葉井の水底に
白玉沈む見えおるよ
真っ白玉の見え居るよ
ほういほいほいほういほい
さればこの国栄んや
我が家さえも富せんや
ほういほいほいほういほい
ほういほいほいほういほいほい）

そこへ僧都《そうず》が　自らと
七弦琴《しちげんきん》を　持ち来たり
「一手《ひとて》なりとも　お弾《ひ》きあれ
驚きましょう　山鳥《とり》どもも」

頻《しき》り勧めに　源氏君
「病み上がりにて　気進《すす》まぬが」
言いつさらりと　掻《か》き鳴らす

それを最後と　宴を果て
一行《いっこう》山を　降り立つに
名残惜しくも　残念と
無粋法師や　童まで
涙流して　見送りぬ

【篳篥《ひちりき》】
・雅楽用の管楽器
・大小の小さい方を言う
【笙《しょう》】
雅楽に用いる管楽器の一種

まして僧都の　家内《やうち》では
尼君はじめ　皆が皆
斯《か》くな美貌の　初め見に
「ほんにこの世の　ことなりや」
とぞ口々に　囁《ささや》けり

僧都しみじみ　思うには
「如何《いか》な前世の　宿縁ぞ
斯《か》くも美麗の　お方しも
末世《まっせ》日本《ひのもと》　この俗世
お生まれなされ　柵《しがらみ》を
背に負われるの　悲しさよ」
言いて目頭《めがしら》　拭《ぬぐ》いたる

兵部卿宮《ひょうぶのきょう》の　姫君も
幼心に　源氏《げんじ》君をば
美し人と　思いしか
「父上様と　比べても
ずっと立派な　ご様子ね」
聞きて女房の　一人言う
「ならお子様に　なられまし」

聞いた姫君　頷《うなづ》きて
(それも好《よ》きか)の　顔したる

それから後に　姫君は
雛《ひいな》遊びや　お絵描きに
(これは源氏《げんじ》君)と　決めなさり
きれいな着物　着させては
大切《だいじ》大切《だいじ》と　お遊びに

阿闍梨《あじゃり》などにも

―帰るに冷淡《つめた》き葵上―

源氏君《げんじ》戻りて　参内《さんだい》し
数日来を　ご報告
「窶《やつ》れ見えるが　如何《いかが》かや」
心配顔に　尋ねつつ
聞きた聖《ひじり》の　祈祷力
如何《いか》なものかの　お尋ねに
こと細かくと　奏しなば
「阿闍梨《あじゃり》となれる　人なめり
斯《か》ほどの修行　積みたるに
内裏《だいり》聞こえぬ　不思議さよ
世に出ることを　疎《うと》みしか」
帝《みかど》敬意を　払いなす

そこへ参内《さんだい》　左大臣《さのおとど》
「我れも迎えと　思いしも
忍び出掛けに　顔出すは
如何《いかが》か思い　遠慮せし
兎にも角にも　我が邸《やしき》
一日、二日　ごゆるりと」
「さあさ直《す》ぐさま　お送りを」
気詰り邸《やしき》　思えども
左大臣《おとど》気持ちも　無下《むげ》ならず
共に宮中　出で給う

左大臣《おとど》源氏《げんじ》君に　席譲り
後ろの席に　乗り込まる
斯《か》ほど誠意な　待遇の
心配りの　細やかに
心苦しの　源氏君

左大臣《ひだりおとど》の　邸《やしき》でも
源氏《げんじ》君来たるの　用意にと
尽くす気遣い　細やかと
少し来《こ》ぬまの　邸内《やしきうち》
玉の御殿と　磨き上げ
万時準備の　疎漏《ぬかり》なし

葵上《あおいのうえ》の　女君《めぎみ》なは
慎ましやかを　旨として
直《す》ぐと迎えに　出《い》で来ぬを
左大臣《ひだりおとど》の　督促《とくそく》に
やっと座敷に　罷《まか》り来《こ》す
御付き女房に　かしずかれ
身じろぎせずに　座す様《さま》は
まるで描き絵の　姫《ひめ》君なるや

見たる源氏君《げんじ》の　思うには
(今の我れなる　こころ内
北山行きの　あれこれを
聞かすにそれと　相槌《あいづち》を
打てば甲斐あり　可愛いに
打ち解け無きの　気詰まりや)

連れ添い月日　経《へ》ぬれども
こころ疎遠《とおき》の　重《かさ》なるの
苦《にが》き思いに　吐く台詞《せりふ》

「偶《たま》には為《な》され　妻らしく
酷《ひど》い病《やまい》に　ありしかど
如何《いかが》なるやを　問うでなし
いつもながらの　ことにしも
恨めしかるの　我が心」

言うに女君《めぎみ》は　かろうじて
『問わぬは辛き　もの』なるや」
伏せ目流しに　言う様《さま》は
気品高くて　美しい

「言うと思えば　何という
『訪うや訪わず』は　結婚《こん》の前
今更何を　情けなや

斯《か》くも冷淡《つめた》き　扱いの
今に止《や》むかと　思いしも
我れを疎《うと》むの　増々か
『命だに』とは　このことか」

言いて源氏君《げんじ》は　寝所へと

【問わぬは辛き】
「我れの問わぬを
辛《つら》きとや
訪われぬこころ
知るや君《こころ》」
の意

【命だに】
命だに
長らえすれば
いつの日か
分り願える
こともあろ

女君《めぎみ》後追い　来る無きを
催促《さいそく》するも　馬鹿らしく
溜息吐《つ》きつ　伏しおるも

もやもや心　引きずりて
眠き振りなる　空欠伸《からあくび》
しつつあれこれ　男女仲
思うに心　あちこちと

あの若草の　姫君の
行く末篤《とく》と　見たきやに
尼君思う　年の差の
不釣り合いなも　道理にて
言い寄り難き　ことなりき

したが何とか　引き取りて
朝夕《あさゆ》育ちの　楽しみに

兵部卿宮《ひょうぶのみや》は　上品で
優雅姿の　お人なも
艶《つや》めく器量　持たなくに
なして姫君　あの方に
似ておることの　不思議さよ

(兵部卿宮《ひょうぶのみや》と　あの方が
同じ后の　子なるかや)

姪《めい》と叔母との　縁続き
思うにこころ　惹かれてぞ
引き取りたくの　胸思い

もて離れたりし

―文を遣《や》れども甲斐なくて―

明くる日文《ふみ》を　北山に
僧都《そうず》に宛《あ》つは　我が胸の
それとは無しの　仄《ほの》めかし

尼君宛《あ》てし　文にては
「気にも留めぬの　ご様子に
気後《きおく》れ為して　胸中《むねなか》の
十分伝え　出来なくを
今も口惜《くちお》し　思うにて

更なる文を　送るなは
並々ならぬ　我が思い
まげてお察し　くだされば
嬉し限りと　思うてぞ」

などと書きたる　封中《ふうなか》に
小《ち》さく結びた　文一つ

「見し面影《かげ》が
今も心に
留まりぬ
こころ全てを
残して来たに

夜風吹き来《こ》ば　見し桜花《はな》が
散りはせぬかと　気も漫《そぞ》ろ」

書きたる筆跡《ふで》の　見事さも
包み文なの　さりげなさ
老いた尼君　見るさえも
目映《まばゆ》いばかり　好ましく

面影は
身をも離れず
山桜
心の限り
とめて来しかど

「困り果てたる　お文やな
返事如何《かえしいかに》」と　悩ましく
「お帰り際《ぎわ》の　お話は
戯《たわむ》れ言《ごと》と　思いしに
またのお文を　賜わるに
恐縮ほかは　ありませぬ
姫君様は　未《いま》だしも
『難波津《なにわづ》』さえも　書けぬ故
申し訳無《な》の　限りにて
それは兎も角　返歌《かえし》にと

【難波津《なにわづ》】
難波津に
咲くやこの花
冬ごもり
今は春べと
咲くやこの花
―古今六帖―
（手習いの基本）

直ぐと散る
山の桜花《さくら》の
はかなきに
留めたる心
儚無《はかの》になるや

なおに気がかり　募りつを」
僧都《そうず》返事も　同じにて
悔し思いの　源氏君

嵐吹く
尾上の桜
散らぬ間を
心とめける
ほどのはかなさ

思案したるの　二、三日
惟光《これみつ》呼びて　遣《つか》いにと
「確かあちらに　少納言
乳母《めのと》なる人　居るなめり
これを通じて　我が思い
詳《くわ》し伝え」と　言いつけり

（女となると　抜け目なし
あんな少女《こども》に　なんとまあ）
確《かく》とは顔を　見ざれども
あの時垣間《かいま》　見たなるを
思い出《い》だすに　面映《おもは》ゆい

わざわざ来《きた》る　文なれば
恐縮しつつ　僧都《そうず》受く

少納言乳母《めのと》通じて　尼君と
僧都に面会《あ》いし　惟光《これみつ》は
言いつけられし　思い丈《たけ》
悩み苦しむ　様子など
こと細かくに　話しだす

言葉巧みに　惟光《これみつ》が
もっともらしく　話せども
（年端《としは》もいかぬ　子供なに
如何《いか》に思いて　斯《か》くまでも）
聞くに皆々　訝《いぶか》しく

源氏《げんじ》君惟光《これみつ》　託したる
こころ込めたる　文添えし
姫へ宛てたる　包み文

「是非に見たきや　放ち書き
浅くなど
思いはせぬに
なぜ斯《か》くも
影も見せずと
離れ行くらん」

あさか山
浅くも人を
思はぬに
など山の井の
かけ離るらむ

返りた返事《かえし》　斯《か》くの如

「汲みて知る
悔し山の井
浅きなの
薄心《こころ》にては
姫影《かげ》見叶わじ」

汲み初めて
くやしと聞きし
山の井の
浅きながらや
影を見るべき

惟光《これみつ》帰り　伝えるも
来たる返事《かえし》と　同じにて

通じ訪ねし　乳母《めのと》なの
寄越した文に　記《しる》せしは
「尼君病気《やまい》　良くなりて
京邸《みやこやしき》に　戻りなば
そこでご返事　申すにて
今しばらくの　ご猶予を」

もどかし見るの　源氏君

いと愛《いと》ほしう
――強要《せがむ》手引きに王命婦《おうみょうぶ》――

さて藤壺宮《ふじつぼ》は　病得《やまい》て
宮中出でて　里下がり

帝《みかど》気がかり　嘆かるを
源氏君《げんじ》気の毒　思いつも

これを機会に　逢瀬をと
何処《どこ》の女も　訪ねずに
宮中にても　二条邸《にじょう》でも
昼間沈むの　物思い

日暮れとなると　藤壺宮《ふじつぼ》の
お付き女房の　王命婦《みょうぶ》にと
訪ね手引きを　強要《せがみ》なす

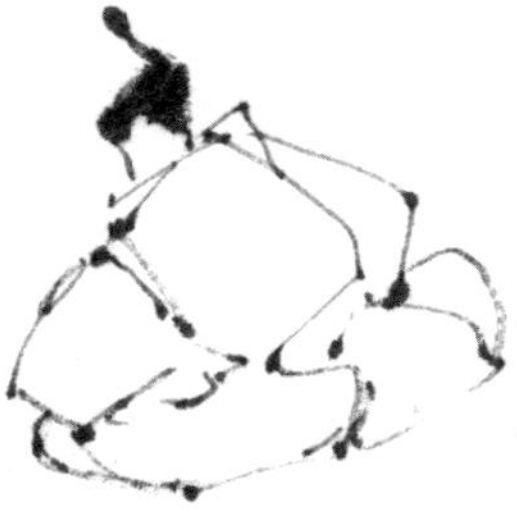

責められたるの　王命婦《おうみょうぶ》
如何《いか》なる手立て　講じしや
藤壺《ふじつぼ》宮閨《ねや》へ　源氏君
ここに思いを　遂げなせり

さぞや喜ぶ　思いしに
無謀《むぼう》逢瀬の　実現に
とても現実《うつつ》と　思えずて
困惑するの　藤壺《ふじつぼ》宮を
意外と見るの　源氏君

藤壺宮《ふじつぼみや》は　いつぞやの
嘆かわしきの　出来事を
思うだにすら　辛《つら》きにて
深くあれきり　思いしに
またも斯《か》くなる　仕儀なりて
辛さ極まる　様子なも

【いつぞやの・・・】
源氏君と藤壺の逢瀬はすでにあったと思われる

源氏君《げんじ》が見るに　その様子
情がこもって　愛らしく
打ち解け過ぎず　ゆかしくて
他女《ほか》とは違う　品の良さ
(何故に欠けたる　なかりしや)
贅沢《ぜいたく》なるの　源氏君

語る暇《いとま》も　無き逢瀬
『暗部《くらぶ》の山』に　泊りなば
思うも夏の　短夜に
逢えたことさえ　疎《うと》ましき

「逢うたとて
次分らねば
この夢中《ゆめ》に
紛れ消えたき
我が恋ごころ

【暗部の山】
・近江国甲賀郡の歌枕
・いつまでも夜の明けてほしくない意《こころ》

見てもまた
逢ふ夜稀なる
夢のうちに
やがて紛るる
我が身ともがな

しゃくり上げ泣く　源氏《げんじ》君見て
我れも悲しと　藤壺宮《ふじつぼ》も

「辛き身を
覚めぬ夢にと
為《な》しえても
世人《よひと》伝えの
噂は止まじ

世語りに
人や伝へむ
たぐひなく
憂き身を覚めぬ
夢になしても

乱れ思いの　藤壺宮《ふじつぼ》の
様子まことに　道理にて
畏《おそ》れ多きの　限りなし
やがて夜明けに　王命婦《おうみょうぶ》
源氏君直衣《げんじのうし》ら　掻き集め
持ちて来たるの　寝所外《そと》

二条院《にじょう》戻りた　源氏君
一日《ひとひ》暮るまで　泣き臥しぬ

文を遣れども　返り来《く》は
「ご覧ならず」の　またぞろに
辛《つら》さ増々　募りてぞ

ここ二、三日　籠り居て
内裏《だいり》へ参る　こともなし

（如何《いかが》せしや）と　帝《みかど》なが
気揉みされるや　思うしも
起こしし罪の　深きなに
慄《おのの》き恐れ　胸に満つ

御使頻《しき》れど

―妊娠三月《みつき》なりぬれば―

一方こちら　藤壺宮《ふじつぼ》も
(情けなきやの　我が運命《さだめ》)
思い嘆きの　度《たび》ごとに
気分悪きの　いや増しに
早《と》くの参内《さんだい》　促すの
使者《つかい》来れども　気は向かず

常と異なる　気分なを
(もしや)の思い　胸過《よ》ぎり
思い当たるも　情けなく
(如何《いか》になるかや)　思いつつ
深き悩みに　沈みたる
折から暑き　日々のこと
床《とこ》起きるさえ　随意《まま》ならず

日過ぎ三月目《みつき》　迎えるに
お腹《はら》具合で　分るにて
女房ら皆も　気付《づ》き為《す》に
増々辛《つら》く　思う藤壺宮《みや》
（なんと前世　因縁の
わが身降り来《く》の　恐ろしき）

思いがけずの　懐妊《かいにん》に
「帝《てい》にお知らせ　無きままに
ここに至るは　如何《いか》なるや」
意外思うの　女房たち
藤壺宮《ふじつぼみや》も　我れ自身
確信《しん》持て（やはり）　思いたり

藤壺宮《みや》の様子を　よく知るの
湯殿仕えに　身近居る
乳母子弁《うばこのべん》や　王命婦《おうみょうぶ》
怪訝《おかし》や思う　節あるも
互い口せず　黙《もく》し来《こ》し
（逃《のが》れ得ぬなの　宿縁か）
嘆き思うの　王命婦《おうみょうぶ》

帝《てい》にお知らせ　したなるは
病物《やまい》の怪《け》　仕業《しわざ》にて
すぐの兆候　判じえず
為《ため》の遅れと　奏しなす
仕え女房の　皆々も
そうなりしかと　得心す

懐妊知りて　帝《みかど》なは
愛《いと》しさ増すの　限りなく
見舞い来《く》使者の　暇なきを
見るに藤壺宮《ふじつぼ》　恐ろしく
胸の呵責《かしやく》の　途切れなし

苦悩抱くの　源氏君
ある夜奇怪《きかい》な　夢を見る

夢占いを　お召しなり
何を示唆《しさ》すや　尋ねるに
思いも掛けぬ　有り得ぬを
判じなしたに　続きてぞ
「事が成るには　必ずや
身を慎むが　肝要《かんよう》ぞ」

聞きた源氏君《げんじ》は　当惑し
「話すは我れの　夢ならず
他人《ひと》の夢をば　諮《はか》りたる
事が成るまで　このことは
語るでないぞ　他人には」

【有り得ぬこと】
生まれ来る子が帝となる趣旨

(何を意味すや　訝《いぶか》しい)
思う源氏《げんじ》君に　届きしは
藤壺宮《みや》の懐妊　噂にて
(さてこそこれか　当《とう》得たり)

堪《たま》らずなりて　矢も楯も
言葉尽くして　逢瀬をば
懇願するが　王命婦《おうみょうぶ》
事の成り行き　重《おもき》大をば
恐れ仲立ち　為《な》しも得ず

藤壺《ふじつぼ》宮からは　これまでは
一行《いちぎょう》ばかり　来た返事
これを限りに　絶え果てぬ

やがて七月《ふみづき》　秋来たり
藤壺宮《ふじつぼみや》は　参内《さんだい》に

久方ぶりに　帝《みかど》なは
増すの愛《いと》しさ　ご寵愛《ちょうあい》
深くにありて　限りなし

身体《からだ》ふっくら　なりにしも
悪阻《つわり》の所為《せい》か　面窶《おもやつ》れ
するもかえって　その容姿《すがた》
美しなりて　御座《おわ》したり

藤壺宮《みや》の戻りし　後からも
前と同じに　明け暮れと
帝《みかど》は藤壺宮《みや》へ　お出ましに

季節《とき》は管弦　遊び時
お側へ源氏君《げんじ》　お召しなり
琴や笛など　命じなす

その場臨《のぞ》みて　源氏君《げんじ》なは
込み上ぐ胸を　抑えつも
堪《こら》え切れ無《な》の　思慕の情
思わず知らず　漏れるかに

居合わす藤壺宮《みや》も　同じくと
どうもならぬの　あれこれが
続け去来《ゆきく》の　胸の内

斯《か》の山寺の人は
—尼君見舞う源氏君—

あの山寺の　尼君は
病状少し　和《やわ》らぎて
北山出《い》でて　戻られし

源氏《げんじ》君住まいを　訪ねさせ
文を時々　出されるも
相も変わらぬ　返事《へんじ》ばかり

されども源氏《げんじ》君　一方で
ここ幾月は　藤壺《ふじつぼ》宮の
懊悩《おうのう》思い　募りしに
北山姫《きたやまひめ》君を　お思いの
余裕もなしに　日が過ぎる

秋も終わりの　頃となり
心細きの　晴らしにと
月美しき　宵のころ
やっとのことで　思い立ち
忍び通いに　出《い》でたるに
折から時雨《しぐれ》　降りかかる

行くは六条　京極《きょうごく》で
内裏《だいり》からなる　道のりは
少し遠きに　その途中
荒れたる邸《やしき》　その木立
古び鬱蒼《うっそう》　茂りたる
小暗き傍を　通りたる

いつも供する　惟光《これみつ》が
「ここが按察使《あぜちの》　大納言
お邸宅《やしき》なりて　つい先《せん》に
訪ねみました　時のこと
例の尼君　病み弱り
困り果てりと　女房が」

聞きたる源氏《げんじ》君　驚きて
「それは気の毒　すぐさまと
見舞いをせずは　なるまいに
何故《なぜ》に直《す》ぐにと　知らせずや
行って今にも　挨拶を」
言うを受けてぞ　惟光《これみつ》は
供に取り次ぎ　申させる
『源氏君《きみ》がわざわざ　見舞いに』と

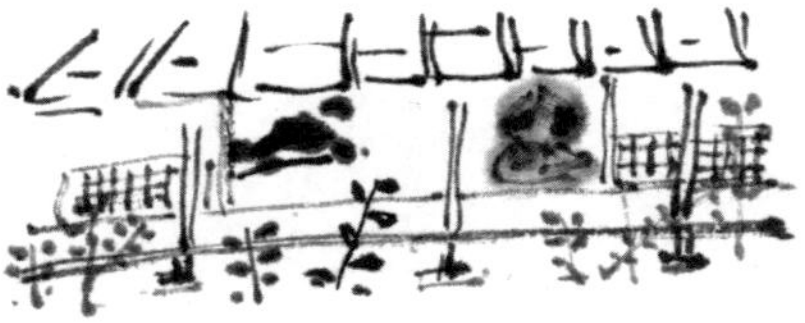

聞いた女房ら　驚きて
「まあま大変　こんなこと
この頃ずっと　尼君は
めっきり弱く　おなりにて
とてもお目もじ　叶わぬて」
言いつ帰すは　失礼と
俄《にわ》か拵《こしら》え　片づけて
南廂間《みなみひさし》へ　案内《あない》なす

「むさ苦しきの　所なも
よくぞお訪ね　下さるを
せめてお礼と　思うしも
急なお越しの　こと故に
鬱陶《うっとう》しきの　部屋なりて」
女房の言うを　源氏君
(斯《か》く鬱《うつ》なるは　初めてぞ)
お思いなるも　続け言う
「常々訪ね　申さねば
思いながらも　返る返事《へん》
素気《そっけ》なしなに　気も引けて
病斯《やまいか》ほどに　重きとは
迂闊《うかつ》知らずと　おりませば」

取次女房　返事《へん》なすは
「気分悪きは　常なれど
命限りを　前にして
有り難きやの　お立ち寄り
直《じか》のお目もじ　叶わずて
お申し越しの　例の件
もしもお気持ち　変わらねば
もの分からぬの　年頃が
過ぎたるころに　お目なりを
お掛けくだされ　よろしくと
心細きの　身の上に
姫君置きて　逝《ゆ》くなるは
後世《ごせ》往生の　障《さわ》りにと
なりはせぬかの　ここの日々」

病《やまい》の床《とこ》の　近きにや
心細きの　尼君の
途切れ途切れの　声聞こゆ
「勿体《もったい》なきの　お申《も》し越し
礼などせめて　申せるの
姫が年頃　なりしかば」

哀れなる声　聞きし源氏君《きみ》
「通り一遍　思いなら
斯《か》くも物好き　為《な》すべきや

如《い》何《か》な因縁　なりしかや
ちらと拝見　為《せ》し日より
募る思いの　愛《いと》しさは
この世限りの　ことなりと
とてものことに　思えずて」

「斯《か》くて帰るは　詮無《せんな》きに
あの可愛げな　お声なと
聞かし給われ　是非ともに」

言うを取り次ぎ　女房が
「いえ姫君は　お越しをば
存知なくてぞ　お休みに」
言いし折から　聞こえ来《く》は
近付く足の　小《ち》さき音

「ねえお祖母《おば》さま　先《せん》だって
お寺来られた　源氏君《げんじ》様
こちらお越しと　伺《うかが》うに
何故《なぜ》にご覧を　なされぬや」

ばつが悪きの　女房ども
「しっお静かに」　窘《たしな》むも
「だってご覧の　あの時に
『悪き気分が　和《やわ》らぎぬ』
とてお祖母《おば》さま　申されし」
自慢げ言うの　姫君を
微笑《ほほえ》ましやと　聞く源氏君《げんじ》
されど女房ら　困惑に
聞こえぬふりに　丁重な
お見舞い申し　お帰りに

源氏君思うの　帰路《みち》すがら
(なるほどやはり　子供やな
されどこれこそ　教え甲斐)

いとまめやかに
―多忙紛れに尼君が―

翌日なりて　源氏君
心を込めた　文を遣る
例の小さき　文を添え

幼きの
　声聞きしより
　　この胸は
葦間《あしま》漂う
　もどかし舟ぞ

『同じ人にや』　思いつつ」

いはけなき
　鶴の一声
　　聞きしより
葦間になづむ
　舟ぞえならぬ

書くのわざとに　幼稚《ようち》なも
趣深き　筆跡《て》なるにて
「これを手習い　お手本に」
見たる女房ら　囁《ささや》きぬ

直ぐの返事《かえし》は　少納言
書きたるようで　文に云う
「お見舞いあった　尼君は
容体悪《あ》しく　今日一日《ひとひ》
危ぶまれるの　様子にて
今より参る　山寺へ
斯《か》くのお見舞い　お礼なは
この世でとても　為《な》せぬやも」
お労《いたわ》しやと　源氏君

【同じ人にや】
堀江漕ぐ
　棚無し小舟
　　漕ぎかへり
同じ人にや
　恋わたりなむ
　　―古今集―
（ずっとそなたに恋い
続けおる）

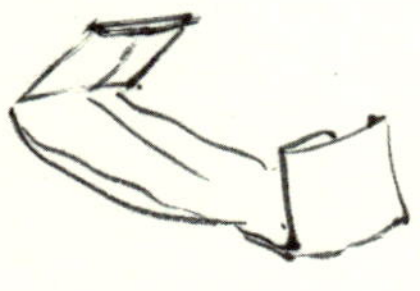

人恋しきの　秋の夕
ましてや思慕《おも》う　斯《か》の女人《ひと》の
縁《えにし》と続く　幼子《おさなご》を
得たき思いの　募るにて

思い出《いだ》すは　尼君が
『消えむ空なき』詠《うた》いたる
夕べ彷彿《ほうふつ》　浮かび来て
(恋しくあるも　はたまたや
期待はずれの　ありしやも)
揺れる思いの　源氏君

紫の(紫色の藤＝藤壺宮)
縁《えにし》繋がる
若草を
摘みて手元に
見たきやいつか

手に摘みて
いつしかも見む
紫の
根にかよひける
野辺の若草

朱雀院《すざくいん》への　行幸《みゆき》なが
この十月と　決定《きまり》たる
行幸《みゆき》列なる　舞人《まいびと》は
高貴身分の　子息《しそく》やら
上達部《かんだちめ》やら　殿上人《てんじょびと》
中から技芸　名手なを
選ぶ手筈に　ありしかば
親王たちや　大臣《おとど》以下
それぞれ技芸　稽古にと
励む日々にて　多忙なり

そんなこんなで　源氏君
北山住まう　尼君に
無沙汰《ぶさた》久しに　ありしかば
思い付かれて　文遣るに
返りた返事《へん》は　僧都《そうず》から

「先の月なの　二十日頃
ついに空《むな》しく　なり果てぬ
人の世定め　ありしかど
悲し思いの　日々なりて」

ご覧源氏君《げんじ》は　この世なの
儚《はかな》さつとに　思いつも
(かの尼君が　気に掛けし
幼子《おさな》は如何に　為《な》しおるか
亡き尼君を　恋い慕い
悲し思いに　暮れおるや)

思うに我れも　幼きに
母亡くしたを　朧思《おも》い出《い》で
懇切なるの　お悔やみを
心を込めて　届けなる

心至れる　返し文
これも寄越すは　少納言

忌《い》みなど過ぎて

―さらにと口説《くど》く源氏君―

尼君忌中《きちゅう》　早や過ぎて
姫君京《きょう》邸へ　戻らるを
聞きての後に　源氏君
手空《す》き夕べに　訪ね行く

荒れて不気味の　人気無《ひとけな》を
（幼き人は　さぞ怖《こわ》や）
着きて思うの　源氏君

先の南の　廂《ひさし》の間
尼君臨終《さいご》　有り様を
泣きつ話すの　少納言
聞きたる源氏君　貰い泣き

涙落ち着き　少納言
「姫君様を　父君の
兵部卿宮様許《みやさまもと》と　思えども
『姫《ひめ》君の母君　受けたなる
冷酷《つめた》き辛《つら》き　仕打ちなを
思うにつけて　この姫《ひめ》君が
可愛盛りの　幼《おさな》でも
分別歳も　まだ来ぬの
どっちつかずの　歳故《ゆえ》に
お子様多く　いる中で
軽き扱い　受くるやも』
とぞ尼君も　嘆きしの
思い当たるの　多くにて」

それにつけても　貴男様《あなた》
気紛《きまぐ》れ見ゆる　お申し出
先々なるは　別として
かたじけなくも　嬉しきも
とても添えるの　齢《とし》でなく
見える歳より　幼《おさな》にて
ほとほと困り　おりまする」

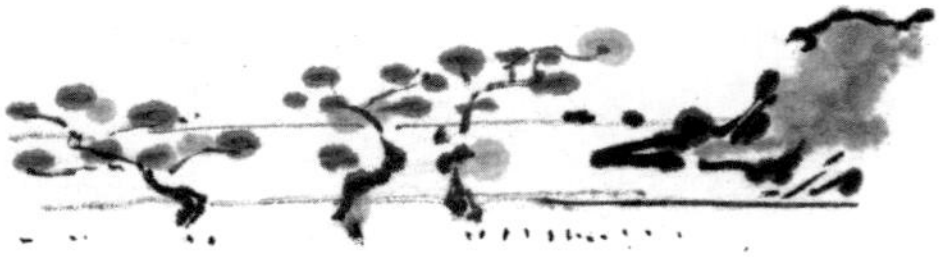

「何故に分らぬ　この我れが
斯《か》く繰り返し　言う心
姫君《ひめ》の幼稚《おさな》さ　それ故の
可愛い愛《いと》しは　前世の
固き宿縁　なればこそ
されば姫様　直接に
我れの気持ちを　伝えたし

和歌浦の
海松布《みるめ》見難き
云えばとて
立ち返らぬぞ
波ならぬ我れ

帰れと言うは　酷《こく》なるぞ」

あしわかの
浦にみるめは
難くとも
こは立ちながら
返る波かは

言われ応《こた》える　少納言
「恐れ多くも　ごもっとも
言い寄るの
本心知らぬ
若き姫君《ひめ》
靡きたりせば
憂《う》き目に合うや
今も、一つに　信《しん》用置けず」

寄る波の
心も知らで
わかの浦に
玉藻なびかん
ほどぞ浮きたる

応接《もの》慣れたるの　受け応《こた》え
愉快《かい》なる思い　源氏君

『なぞ越えざらむ』　古歌なるを
詠《えい》ずを陰で　聞きたるの
若き女房ら　酔いしれれし

【なぞ越えざらむ】
人知れぬ
身は急げども
年を経て
など越え難き
逢坂の関
──後撰集──

直衣《のうし》着たる人の

―帳台《ちょうだい》内へ源氏君―

近付く声の　可愛さに
「父ではないが　同じくと
遠慮なさるの　人ならず
おいでなさいな　こちらへと」
源氏君《げんじ》が言うを　(あの方) と
聞き分け為して　(しまった) と
思い乳母《うば》へと　縋《すが》り寄り

「もう行きましょう　眠きにて」
言うを源氏君《げんじ》は　この時と
「そんな隠れを　なさらずと
我れの膝にて　眠れかし
今も少しと　御簾《みす》傍へ」

折しも姫君《ひめ》は　尼君を
慕い泣き伏し　おりしかど
遊び相手の　女童《めわらわ》の
「直衣《のうし》着たるの　人来《こ》れり
父宮様で　なかろうや」
言うを姫君　起き立ちて
「これ少納言　直衣《のうし》着た
人は何《いず》れや　父君か」

「申し上げたる　通りなの
　ほんの子供の　ねんねにて」
言いつも乳母《うば》は　姫君《ひめ》押すも
意味わからずと　座しおれり

御簾《みすま》間手伸ばし　探るとに
着萎《きな》れ柔らの　着物上
懸りし髪の　艶やかの
端《はした》までのの　ふさふさに
さぞやと思う　源氏君

つゝと手を取ると　姫君は
他所《よそ》なる人が　斯《か》く近く
寄ることなしを　戸惑いて

「もう　眠いとぞ　言いおるに」
とて手を強く　引き入るに
付いて源氏君も　御簾《みす》うちへ

「尼君亡きの　今にては
頼りなるなは　この我れぞ
疎《うと》むことなど　ありはせぬ」

事態困惑　乳母《うば》なるは
「ここ　困ります　あまりです
どう言い聞かせ　申そうと
どうなるものに　無きにてぞ」

「いくら何でも　そんなこと
斯《か》く幼きを　如何《いか》がせん
並では無きの　我が思い
切に見せたき　故にてぞ」

時に霰《あられ》が　吹き来たり
凄き気配《けはい》の　夜となる
「何故《なぜ》に斯《か》くもの　小人数《こ》
心細くに　過しおる」
言うに涙の　源氏君

見捨ておけぬと　思いなし
「先ずは格子《こうし》を　下ろさぬか
空恐ろしき　夜なれば
我れが宿直《とのい》を　為すからに
皆も近くへ　寄れぞかし」
言いつ源氏《げんじ》君は　平然と
姫君抱《いだ》き　帳台《とばり》内へと

思いもよらぬ　成り行きに
茫然《ぼうぜん》たるの　女房共
気の許せぬの　理不尽を
思えど事の　荒立ても
ならじと乳母《うば》は　嘆息《なげく》のみ
恐ろし思う　姫君は
如何《いかが》なるやと　身震いし
鳥肌立つの　様子なを
可愛げなりと　見る源氏《げんじ》君

単一《ひとえ》つに　押し包み
幼き体　抱《いだ》きつつ
（許し難きの　行いぞ）
思いつ語る　優しくと

「我れの邸《やしき》へ　お出《い》でませ
面白き絵の　多くあり
雛《ひいな》遊びも　存分に」

姫君《ひめ》の気に入る　あれこれを
語る様子の　優しさに
（然程《さほど》怖くも　無きやな）と
子供心に　思いつも
何やら不安　拭《ぬぐ》えずと
寝るに寝られず　もじもじの
身じろぎしつつ　臥《ふ》しおれり

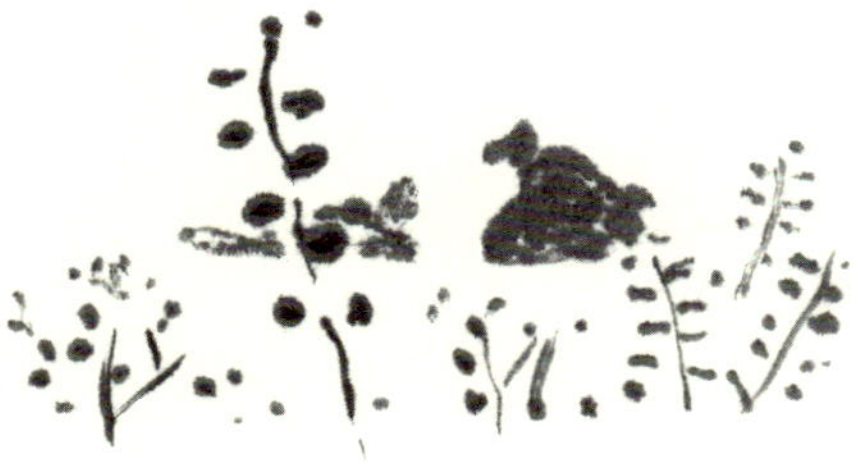

風吹き荒るるに

―幼な面影思い出し―

風が一晩　吹き荒るるに
「ほんにこうして　来られねば
心細きの　如何《いか》ばかり
同じことなら　姫君《ひめ》様が
似合い年頃　御座《おわ》しなば」
囁《ささや》き合うの　女房共
乳母《うば》は気が気で　無きままに
帳台《ちょうだい》近く　控えおる

風和《やわ》らぎた　夜深《よふか》にぞ
源氏《げんじ》君発《た》とうと　する様子《さま》は
さも後朝《きぬぎぬ》の　別れかと
「不憫《ふびん》姫君　お見受けし
先にも増して　気に懸る
我れが住まうの　二条《にじょう》院へと
移し侍《はべ》らん　ここにての
暮らし続くは　如何《いかが》かや
よくぞ物怖《ものお》じ　為《な》されずと」

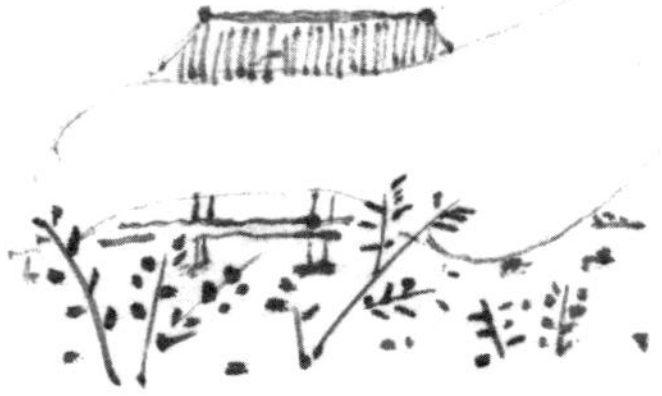

言うに応えて　乳母なるが
「父宮様も　そう言うも
四十九日を　済ませてと」
「それは頼もし　ことなるも
離れ暮らして　居りし故
薄き親しみ　我《わ》と同じ
今宵初めの　仲なれど
深き気持ちは　勝《まさ》り居る」
言いつ髪をば　撫でながら
顧《かえり》みしつつ　出で給う

霧一面に　立ち込めた
空の風情も　さりながら
地に置く霜も　白きなは
大人相手の　逢瀬なら
さぞや思うの　趣《おもむき》も
物足りなくの　源氏君

帰り辿るの　道すがら
隠れ通女《かよい》を　思い出《い》で
門叩かすに　返事《へん》ぞなし
ならばと源氏君《げんじ》　供の中
声良き者に　命じなし

「一面の
霧立つ朝の
趣に
訪ねたきやな
この門内《もんうち》を」
と　二度繰り返し　歌わすに
出で来《く》手慣れの　下仕《しもづか》え
「霧間垣
過ぎの迷いも
本気なら
茂草《くさ》の門口《かどぐち》
ものとは為《せ》ずを
言いて中へと　入りける

朝ぼらけ
霧立つ空の
まよひにも
行き過ぎがたき
妹が門かな

立ちとまり
霧の間垣の
過ぎ憂くは
草の閉ざしに
障《さわ》りしもせじ

待てども誰も　出《い》で来ずを
帰るとなると　口惜《くちお》しも
空も明け来る　気まずさに
さすが源氏《げんじ》君も　邸《やしき》へと
二条《にじょう》邸戻りし　源氏君
可愛かりしの　面影を
思い出しては　恋しくて
独り笑いに　眠りにと
日高く起きた　源氏君
姫君《ひめ》に文をと　思いしも
通常《いつも》と違う　後朝文《きぬぎぬ》に
筆が止まりて　書きあぐね
面白き絵ぞ　送られし

宮わたりたまへり

―宮の引き取り申し出に―

丁度《ちょうど》その日に　兵部卿《ひょうぶきょう》宮
姫の邸《やしき》へ　やって来《く》に
広く古きの　この邸《やしき》
以前に増すの　荒れ果てに
久しく人も　少なきの
寂しき様子《さま》を　見渡され

「斯《か》くなる場所に　幼きが
暫《しばし》も住まい　居れようや
やはり移そう　我が邸《やしき》
気遣いするの　場所でなし
乳母《うば》には部屋を　与えるに
多く異母兄弟《きょうだい》　居るからに
姫もこれらと　遊びなば
楽し過せる　違《たが》いなし」

言いつ姫君《ひめ》をば　呼び寄すに
香るは源氏《げんじ》君　移り香《が》か
「好《い》い匂いだね　それよりも
この草臥《くたび》れた　着物《ふく》は　まあ」
とて哀れにと　思いたる

「今に至るの　常日頃
『病重篤《おもき》の　老人と
共に暮らすは　如何《いかが》かと
我れの所へ　移り来て
皆と慣れよ』と　申せしが

尼君何故《なぜ》か　疎《うと》まるに
邸妻《つま》も心を　隔《へだ》つるを
亡くなり直《す》ぐと　云うなるも
邸妻《つま》に悪きと　思うめり」

兵部卿宮《みや》の引き取り　申し出に
「いいえ暫く　このままで
心細くも　何とかと
今も一つと　分別が
お付きなされた　その時に」

「夜昼なくと　恋しがり
食のお召しも　少なくて」

見るに姫君　面窶《やつ》れ
するもかえって　品良きを
添えたるかなの　美しさ

「何故《なにゆえ》斯《か》くぞ　嘆きつる
亡くなりたるは　仕方なし
我れ居るゆえに　泣くでない」

と慰むも　姫君は
日暮れて兵部卿《み》宮《や》の　帰る見て
心細さに　泣きぬれば
思わず兵部卿《み》宮《や》も　涙して

「そう思い詰め　為《な》さずとに
今日が明日にも　引き取るに」
とて宥《なだ》め置き　帰りなる

兵部卿《み》宮《や》の帰った　後からも
寂しさ一入《ひとしお》　湧き出でて
姫君涙　止《とど》め得ず

姫君泣くは　自らの
行く末嘆く　訳でなく
小《ち》さき時から　傍に居て
守れる人の　亡きことが
いっそ悲して　泣くにてぞ

幼心を　悲しみが
胸塞《ふさ》ぎて遊び　為《せ》もやらず
昼間紛《まぎ》らし　居るなれど
塞《ふさ》ぎ込み為す　夕暮れは

「このままなれば　この先は
如何《いかが》お過ごし　為されるや」
慰めかねる　乳母たちも
共に嘆くの　古邸《ふるやしき》

参り来《く》べきを

―惟光《これみつ》遣りて宿直《とのい》にと―

明くる日源氏君《げんじ》　惟光《これみつ》を
遣《つか》いと為して　伝えるは
『我れが伺《うかが》う　べかるやに
内裏《だいり》お召しの　重なりて
不憫《ふびん》姫様　様子なの
気に懸りしに　この男
宿直人《とのいびと》にと　差し向けつ』

伝えを聞きて　少納言
「なんと代理を　寄越すとは
戯《たわむ》れにしも　情けなや
通い最初の　この仕打ち」
「兵部卿宮《みや》がお聞きに　なられなば
近侍《きんじ》我らが　叱られる」
「姫様昨夜　有りしこと
うかと口なぞ　決してぞ」
言うも当人　姫君は
呆《あき》れるばかり　傾《かし》げ顔

惟光許《これみつもと》へ　少納言
哀れ経緯《いきさつ》　一通り
話した後に　言葉継《つ》ぐ
「ここ何年か　したならば
添える宿縁　来《きた》るやも
今が今なは　全くと
似合いご縁と　思えずに

理解を超える　ご執心
如何《いか》な御心　なりしやと
見当つかず　悩みおる」

「今日も兵部卿宮《みや》様　お越しなり
『姫幼きも　女子《おなご》ぞな
うっかり油断　なぞせずと
お守りするが　肝要ぞ』
おっしゃる聞きて　今さらに
昨夜如きが　思われて
平気居られぬ　心地ぞな」
言うも昨夜の　次第をば
覚《さと》られなるは　不本意と
言葉選びて　話しなす

（さてこそ何が　ありしやな）
合点いかぬの　惟光《これみつ》ぞ

帰りて次第《しだい》　伝えるに
（行かずに居るは　気になるも
さすが通《かよ》うも　端《はした》なし
常軌《じょうき》逸すの　軽行動《おこない》と
世間噂も　困りもの
いっそ二上《にじょう》院へ　連れ来るか）
様々思案　源氏君

文の届けは　度々で
今宵《きょう》も惟光《これみつ》　遣わさる
《障《さわ》りがありて　参れぬを
粗略《なおざり》などと　思《おぼ》すなく》
などと細々　書きたるも

気忙《きぜわ》しげにぞ　少納言
「急なことにと　兵部卿宮《みや》様が
明日に迎えと　仰せしに
取り込みしおる　ところにて
長きに住みし　古邸《ふるやしき》
離れ先行き　不安にて
仕え女房も　心乱《おちつか》ず」

言うの言葉も　少なくと
さらさら相手　為《せ》もやらず

移り支度の　縫い物や
あたふた様子　前にして
すごと惟光《これみつ》　引き上げる

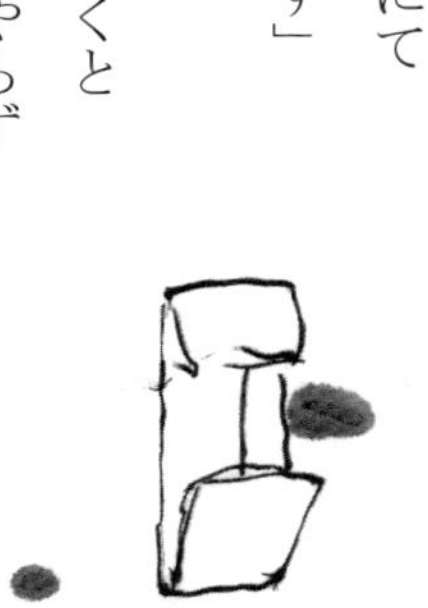

常陸には

―姫盗《ぬす》まんと京極へ―

左大臣邸《おとどやしき》に　来たりしも
葵上《あおいのうえ》は　例により
すぐと出《い》で来《く》の　なかりせば
面白からぬ　源氏君
東琴《あずまごと》をば　掻き鳴らし
艶《えん》ある声で　『常陸には
田をこそ作れ』　口ずさむ
そこへ来たるの　惟光《これみつ》を
呼び寄せ様子　お尋ねに

【常陸には】
常陸には
田をこそ作れ
あだ心
かぬとや君が
山を越え
野を越え
雨夜来ませる
―風俗歌―
(忙しく
田作る我れを
疑いて
山越え野越え
雨夜にお越し)

「これしかじか」と　聞きたるに
源氏《げんじ》君「すわこそ」　思われて
(兵部卿宮《みや》の邸《やしき》に　移りての
後に迎えの　わざわざは
幼きなるを　もの好きな
娘盗《ぬす》むの　非難をも
然《さ》すれば同じ　盗むなら
女房ら確《かく》と　口止めし
二条院《にじょういん》へ連れて　来るぞかし)
とぞ心決め　したるにて
「夜明け行くぞよ　斯《か》の邸《やしき》
牛車《くるま》支度も　今のまま
一人二人の　随身に
左様伝えよ」　言いたれば
承知惟光《これみつ》　立ち行くも

揺らぐ心の　源氏君
（世間知れれば　幼きを
盗むもの好き　非難浴《あ》ぶ
せめてあの子が　大人なら
意を交わしての　ことなるを
後に兵部卿宮《みや》にと　見つけられ
取り戻さるも　体裁《てい》悪き）
（されどこの時　逃《のが》しなば
悔やみ残すの　破目に）とて
夜中《よなか》と云うに　出《い》でんと為

源氏君《げんじ》様子に　葵上《あおいうえ》
さらに募るの　不機嫌に
「二条院《にじょうのいん》で　今すぐに
為《な》すべきことの　思い出《い》ず
行きて直ちに　戻るにて」
言いて寝屋《へや》をば　そと出るに
仕え女房も　気付かずと
自室で直衣《のうし》　着替えなし
馬に乗せたる　惟光《これみつ》を
連れて向かいぬ　斯《か》の邸《やしき》

着きて門をば　叩かすに
用心なきの　下仕《しもづか》え
開けるに牛車《くるま》　引き入れる
妻戸《つまど》叩きて　咳払《せきばら》い
惟光《これみつ》するに　少納言
聞覚《おぼ》えし声と　出《い》で来たり
「斯《か》の君ここに　御座《おわ》すにて」
聞くに怪訝《いぶか》る　少納言
「姫君未《いま》だ　お就寝《やすみ》に
なんと夜更けに　わざわざと」
思うに他女《ほか》家の　帰りかと

進みて源氏《げんじ》君　申さるは
「兵部卿《みや》宮の邸《やしき》に　移るとか
そうなる前に　我がことで
申し上げたき　ことありて」
「如何《いか》なることや　姫《ひめ》君様が
確《かく》たる返事《へん》の　出来ますや」
はぐらかすやに　笑い言う
聞く耳なしと　源氏君
ズイと母屋《もや》内　入《はい》らるに
慌てふためく　少納言
「年寄女房　不行儀に
寝ていますれば　そこへなは」

「未《いま》だお目覚め　なきからは
我れがお起こし　申し上ぐ
美々《びび》な朝露　知らずして
眠り居るとは　さてもさて」

言いつ入るの　帳台内《ちょうのうち》
「あっ」と言う間の　有らばこそ

何も知らずと　寝る姫君《ひめ》を
抱き起こさるの　源氏君
目覚ましたるも　父宮が
迎え来たかと　寝惚《ねぼ》け顔

髪《かみ》掻き撫でつ　源氏君
「さあさこちらへ　我が元へ
兵部卿宮《みや》の遣いで　参り来《こ》し」

言われ父宮《ちち》とは　違うなを
知りて驚き　怖《お》じるをば
「そんな怖がる　ことはない
兵部卿宮《みや》と同じの　我れなるに」
言いて抱き上げ　母屋《もや》外へ

見たる惟光《これみつ》　少納言
「これまた何を　為《な》されるや」
慌て叫ぶも　源氏君
「気懸りなるも　ここへなは
重《しげ》く来れるの　訳なくば
『気遣いなしの　我が邸《や》へ』と
言い置きしやに　嘆かわし
兵部卿宮《みや》の邸《やしき》へ　行きたれば
話面倒　なるばかり」
「供に一人を　付けよかし」

言うに狼狽《うろた》え　少納言
「いくら何でも　今日の日は・・・
宮様《みや》来なされば　何と言う
も少し余裕　ありし時
正式《ちゃん》と申し出　下されば
何とか仕様　あるものを
今日の今をと　申さるは
近侍《きんじ》我らも　困るにて」

言うも源氏君《げんじ》は　耳貸さず
「ええぃ　もう好《よ》い　面倒な
　女房は後で　来るがよい」

言うや牛車《くるま》を　呼び寄すに
呆《あき》れ驚く　女房共

訳も分からぬ　成り行きに
姫は一人で　泣き居りぬ

止《とど》め難きと　少納言
昨夜縫《ぬ》いたる　姫様の
衣類抱えて　自らも
着物着替えて　牛車《くるま》へと

二条院は近ければ
―姫君泣きてお就寝《やすみ》に―

二上院《にじょう》ほど近　なるにてぞ
明け方前に　着き給う
西の対《たい》にと　牛車《くるま》寄せ
姫軽々と　抱き下ろす

「はてさて未《いま》だ　夢の如
如何《いかが》すべきや　この我れは」
躊躇《とまど》い居るの　少納言

「さても自由に　なされかし
姫君《ひめ》がこちらに　来たからは
帰るとならば　送らせも」

【対《たい》】＝対の屋
・寝殿の左右（東西）や背後（北）に作った別棟建物
・寝殿とは渡殿で繋がる
・東西には子女などが北には夫人が住む

為《な》す術《すべ》なしと　少納言
苦笑《え》みて牛車《くるま》を　下りつれど
俄《にわ》か成り行き　驚きの
胸の高まり　鳴りやまず
(宮様如何《いかが》　思うらん
如何《いかが》なるやな　姫君は
思うにこれも　母や祖母
先立たれしの　身の不運)
思うに滲《にじ》む　涙をば
(こんな時に)と　堪《こら》えなす

対《たい》には誰も　住み居らず
帳台《ちょうだい》などの　備えなし
惟光《これみつ》呼びて　御帳台《みちょうだい》
屏風なんぞを　設《しつら》えり
几帳帷子《きちょうかたびら》　引き下ろし
有りし畳座《たたみざ》　置き直し
東対《ひがしたい》から　夜具類を
持って来させて　閨《ねや》に入る

どうされるかと　姫君は
震え恐れる　様子なも
声を上げては　泣かれずと
「一緒寝たきや　少納言」
言うも幼き　声にてぞ
「乳母《うば》と寝るなは　子供にて
もう姫様は　大きいに」
諭《さと》すに泣きて　お就寝《やすみ》に
横にもなれず　少納言
心騒ぎて　眠られず

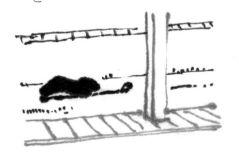

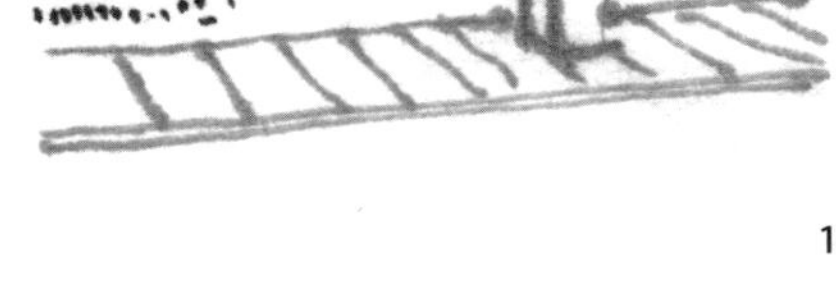

明ける光に　見渡せば
邸造《やしき》りや　調度《ちょうど》類
言うに及ばず　見事なに
庭敷き詰めた　白砂は
まるで玉とぞ　見えるやに
我が身恥じ入る　少納言

ここには女房　居《お》らなくて
気の張る客の　部屋と見ゆ

居るは家来の　男ども
御簾《みす》の外にと　控えいて
昨夜女人《にょにん》を　迎えたを
「どなた様にて　あろうぞや
　並の方とは　思えずて」
囁《ささや》き合うの　声したり

手水《ちょうず》や粥が　運ばれて
日高《ひたか》に源氏《げんじ》君　起き来たり
「女房居なきは　不自由な
　さるべきなるを　夕方に」
命じ序《ついで》と　東対《ひがしたい》
そこの女童《めわらわ》　呼びにやる
「ことさら小《ち》さき　選びてぞ」
言うに応えて　愛らしが
四人連れ立ち　参り来《こ》し

【手水】
手や顔を洗うための水

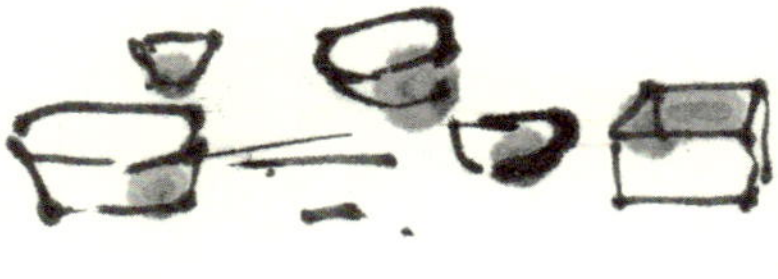

着物包《くる》まり　眠る姫
「これ」と起こして　源氏君
「困らせずやな　悲しみて
心無き人《な》が　斯《か》く如き
優し扱い　するものか
女はこころ　素直なが
好《よ》いと決まった　ことぞかし」
などと今から　教え出す

遠く見しより　姫の容貌《かお》
はるかに増して　美しい

源《げ》氏《ん》君《じ》優しに　語り掛け
面白き絵や　玩具《おもちゃ》など
取り寄せ見せて　機嫌取る

やっとに確《しか》と　目覚ますの
鈍色《にびいろ》喪服　萎《な》えた着て
無邪気《むじゃき》笑うの　愛らしに
ついつい源《げ》氏《ん》君《じ》　引き込まれ
微笑《ほほえ》みしつつ　見遣りたる

源氏君《げんじきみ》東対《ひがし》へ　立ち行くに
姫君閨《ねや》の　外へ出て
庭の木立や　池辺り
御簾《みす》を通して　覗くとに

霜枯れたるの　前栽《せんざい》は
絵に描く如く　美しく

見たことなしの　黒・緋色《ひいろ》
着たる男の　出入り為《す》を
(ほんに良き処《とこ》)　思いつも

独りなりたる　頼り無《な》を
部屋に置きたる　屏風絵の
見事なるなを　眺めつつ
慰め居るも　切な見ゆ

【黒・緋色】
四位（黒）、五位（緋色）の男が着る服の色

この人をなつけ

―楽しや姫の相手為《す》は―

それから後の　二、三日
源氏《げんじ》君宮中　参らずと
姫《ひめ》君馴付《なつ》かせに　あれこれと
話しの相手　懸命に

手習い本に　為《せ》んとてか
文字や絵などを　いろいろと
書いて見せては　与えるの
書きたる筆の　見事さよ

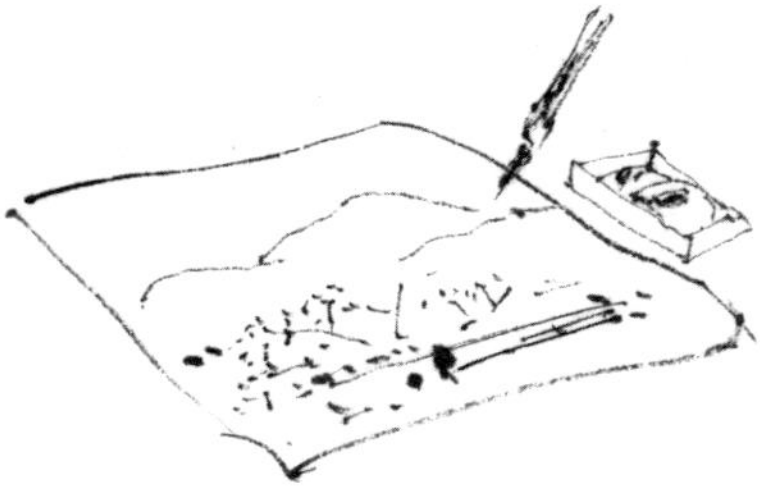

姫が手に取る　その中に
『武蔵野といえば　かこたれぬ』
とぞ書きたるの　紫紙《むらさき》の
墨色見事　目に止まる

更にと脇に　小さくと

逢いたくも
逢えぬ斯《か》の女人《ひと》
縁続《つづき》なは
未だ寝なくも
可愛の限り

【武蔵野といえば】
知らねども
武蔵野と云へば
かこたれぬ
よしやさこすは
紫のゆゑ
―古今六帖―

（訪ねずも
武蔵野聞けば
出る嘆息《なげき》
咲く紫草《むらさき》の
懐かしき故）

ねは見ねど
あはれとぞ思ふ
武蔵野の
露分けわぶる
草のゆかりを

「さあさ　そなたも　書きよかし」
と促すに　姫君が
「未《いま》だ上手《うま》くは」　言いつつも
見上げ無邪気《むじゃき》の　可愛さに
ならばと源氏君《げんじ》　微笑《ほほえ》みて
「書くに下手《へた》より　書かなきが
悪《あ》きぞかしや　教えるに」
言うに姫君　はにかみて
顔を背《そ》けて　書く手付き
筆持つ手なの　あどけなさ
見るにただただ　愛らしく
ここにこうして　居ることが
我れと不思議の　源氏君

「あ　書き損《そこ》ねた」と　恥ずかしに
隠すを強《し》いて　見給うに
嘆息《なげき》なす
訳知らぬ故
この我れが
如何なる草の
縁《えにし》や知れず

かこつべき
ゆゑを知らねば
おぼつかな
いかなる草の
ゆかりなるらん

幼稚《おさな》なりしも　後々の
上手覗くの　ふっくらと
書きたる筆跡《て》なは　今は亡き
尼君それに　似たりける
(古風でなしの　今風の
手本習えば　更なるや)
眺めつ思う　源氏君

雛遊《ひいな》びを　するにても
子供遊びに　不似合いな
御殿《ごてん》なんぞを　作られて
一緒となりて　遊ばるは
妻疎《うと》ましの　源氏君《げんじ》なの
この上なしの　気晴らしぞ

宮渡りたまひて

―姫君次第馴付《なつ》きなす―

邸《やしき》残りし　女房共
兵部卿宮《みや》が来たりて　尋ねるに
答う術《すべ》なく　困り居る
『暫《しば》し誰にも　言うなかれ』
源氏《げんじ》君言いしを　少納言
同じ思いに　『必ずや
口外《こうがい》為な』と　言い置くを
「行方《ゆくえ》知らさず　少納言
お連れ申して　隠しなす」
とぞのみなるを　話しなば

兵部卿宮《みや》も更には　言えなくて
（亡き尼君も　本邸《わがやしき》
移るを酷《ひど》く　嫌いしを
乳母《うば》が差し出た　思いから
「渡すは困る」　言い出せず
一存《いちぞん》にてぞ　連れ出《い》だし
行方《ゆくえ》くらまし　しつるやな）
思いて泣きて　帰らるに
「行方知れらば　直ぐにとぞ」
言うを女房ら　黙《もく》し聞く

兵部卿宮《みや》は北山　僧都《そうず》にも
姫の行方を　尋ねるが
手がかり無きに　落ち込みて
可惜《あたら》美貌を　何故《なぜ》にやと
恋し悲しに　思いつる

一方兵部卿宮《みや》の　北の方
姫の母親　憎みたる
ことも忘れて　姫君を
思いのままに　育てんの
思い違《たが》いて　悔やみなす

姫君《ひめ》の居られる　西の対《たい》
女房共も　揃われて
遊び相手の　女童《めわらわ》や
稚児《ちご》らお二人　ご様子の
他と変わるの　打ち解けに
気兼ねもなしに　遊びおる

姫君《ひめ》は源氏君《げんじ》が　居られぬの
寂しき夕暮《く》れは　尼君を
恋し思いて　泣くなれど
父宮《ちち》思い出す　様子なし

もともと父宮《ちち》に　会うことの
少なかりしを　慣れ居たに
今はすっかり　次の親
源氏君《げんじ》に馴付《なつ》き　居るぞかし

源氏《げんじ》君外から　帰りなば
先にと迎え　出《い》で来たり
可愛らしくに　話される

懐内《ふところうち》に　入れ込むも
少しも遠慮　されなくと
恥ずかしやとの　様子《さま》もなし

夫婦と言えど　斯《か》くの如
遊び相手と　為すにては
この上なしに　愛らしき

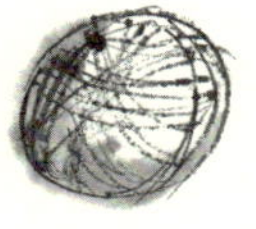

（大人になりて　知恵付かば
生じてくるの　行き違い
起きれば我れの　こころ内
今と変わるの　不安しも

相手も嫉妬《しっと》　深くなり
思いもかけぬ　面倒が
自《おの》ずと起こる　ことなるに

何とこの姫　然《さ》はなくて
良きの遊びの　相手なり

実の娘《こ》すらも　この年頃《ころ》に
斯《か》く打ち解けて　気兼ねなく
一緒寝るなど　為《し》はせぬを

この娘《こ》はやはり　風変《ふがわ》りな
秘蔵子《ひぞっこ》育ち　なるぞかし）

とぞ源氏君　思《おぼ》すめり

末摘花

思ほへど

—あゝ夕顔は斯《か》くなりき—

思い飽《あ》かざる　夕顔に
先立たされし　悲しみは
年月経ても　忘れ得ず
左大臣家《ひだりおとど》の　ここの妻
あちら六条　御息所《みやすどこ》
打ち解け無しの　気取り屋で
思慮深げなる　行いに
張り合う様の　見え隠《かく》も
寄りて打ち解く　夕顔の
この上なしの　愛《いと》しさを
覚え恋しく　思いなる

【六条御息所《ろくじょうみやすんどころ》】
・源氏君の若いころから恋人
・故東宮の后
※御息所＝皇子・皇女を産んだ女御・更衣を言う

(身分さ程で　なき女《ひと》で
ほんに可憐で　気の措《お》けぬ
女《ひと》になんとか　逢えぬか)と
性懲《しょうこ》りなしに　思う源氏君《きみ》
良きなる居るの　噂なは
聞き漏らさるの　ことなくて
(これは)と心　惹かるには
先ずと文をば　届け遣る
対し源氏《げんじ》君に　靡かずて
素気《すげ》無くするは　滅多なく
拍子抜けなる　源氏君

中に気強き　冷淡女《つめたな》は
言いようなしに　情薄く
生真面目《きまじめ》なるも　機微疎《うと》し

されど気強さ　通し得ず
やがて他愛無《たあいの》　崩れるは
並の男に　似合いぞと
それきりするも　多かりし

斯《か》の空蝉《うつせみ》を　折につけ
思い出しては　悔しくも
軒端荻《のきばおぎ》には　ふとの機会《おり》
文遣ることも　あるぞかし
思い出すのは　灯影《ほかげ》見た
しどけなきやの　あの姿

一度愛した　女性《にょしょう》をば
忘れ得ぬのは　これ源氏《げんじ》君
生まれついての　性分か

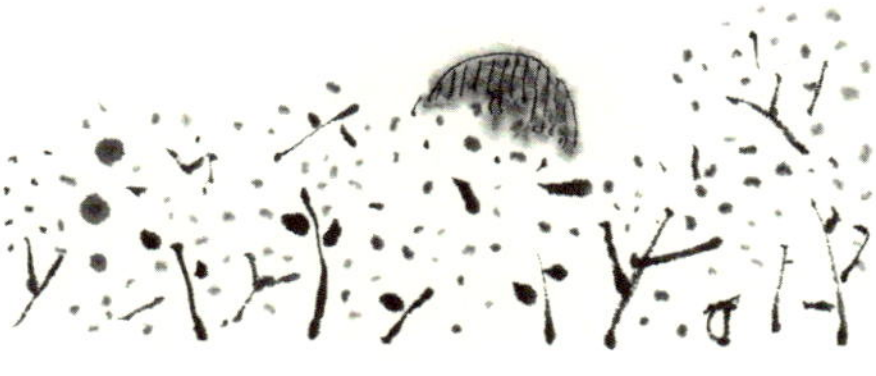

左衛門の乳母《めのと》とて
——常陸宮《ひたちのみや》の姫噂——

大弐《だいに》の乳母の　その次に
源氏《げんじ》君大切《だいじ》と　思いたる
左衛門乳母《うば》の　娘にて
大輔命婦《たいふのみょうぶ》　呼ばる女《ひと》
父は皇統《たかき》の　流れ汲む
兵部大輔《ひょうぶのたいふ》　なれる人

【命婦《みょうぶ》】
・後宮の中級の女官
・夫や父の官名を付けて呼ぶ（父が兵部大輔）
※兵部大輔＝兵部省の次官
※兵部省＝諸国の兵士・軍事に関する一切を管轄する部署

命婦《みょうぶ》宮中　務めにて
色恋沙汰《いろざた》解す　若女房
これ源氏君　気に入りで
何かと用を　命じなる
左衛門乳母は　筑前《ちくぜん》守と
再婚なして　地方へと
命婦《みょうぶ》は父親《ちち》の　邸《やしき》をば
実家《さと》とはなして　宮出入り

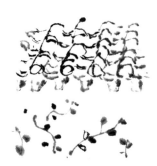

とある日命婦《みょうぶ》　源氏君《げんじ》へと
ものの序《つい》でに　話すなは
(故常陸親王《ひたちのみや》が　晩年に
儲け大層　慈《いつく》しみ
育てておりしの　斯《か》の娘
父親亡くし　その後は
心細げに　過しおる)
「それは気の毒　さてどんな」
源氏君《げんじ》気になり　先と訊《き》く

「気立て容貌《かお》など　詳しくは
存知居《お》らねど　内気にて
引っ込み思案　性格《さが》ならし
訪ねし宵も　几帳越し
話すばかりの　お方にて
こよなき友は　琴《きん》と見ゆ」
「琴《きん》は三つ友　一つにて
酒は女に　似合わぬが」
「そうかその琴《きん》　聴かせよし
父親王《ちちみや》なるは　その筋の
いと堪能な　方ならし
娘腕前　さぞかしや」

【琴《きん》】
・唐琴の一種
・七弦の琴
【和琴《わごん》】＝倭琴
六弦の琴
【唐琴《からごと》】
・琴《きん》＝七弦の琴
・箏《そう》＝十三弦の琴

【琴は三つ友】
・白氏文集・北窓三友
・三つは、酒・琴・詩

「さあて聴くほど　手なるかや」
はぐらかすかに　命婦《みょうぶ》言う
「勿体《もったい》ぶるの　言いぐさや
ここの時節《ところ》の　朧月
忍びて行くに　退出《さがり》待て」
源氏《げんじ》君その気に　命婦なは
(言い過ぎたかや　これしたり)
思えど宮中《みや》は　のんびりの
用無きなるに　退出《さがり》なす

命婦の父の　兵部大輔《たいふ》なは
父親《ちちや》の常陸宮邸《しき》に　時に来《く》が
住まいは為せず　後妻家《いえ》に住む
命婦後妻家《いえ》には　馴染《なじ》めずて
親しみ来るの　常陸宮姫邸《ひめやしき》

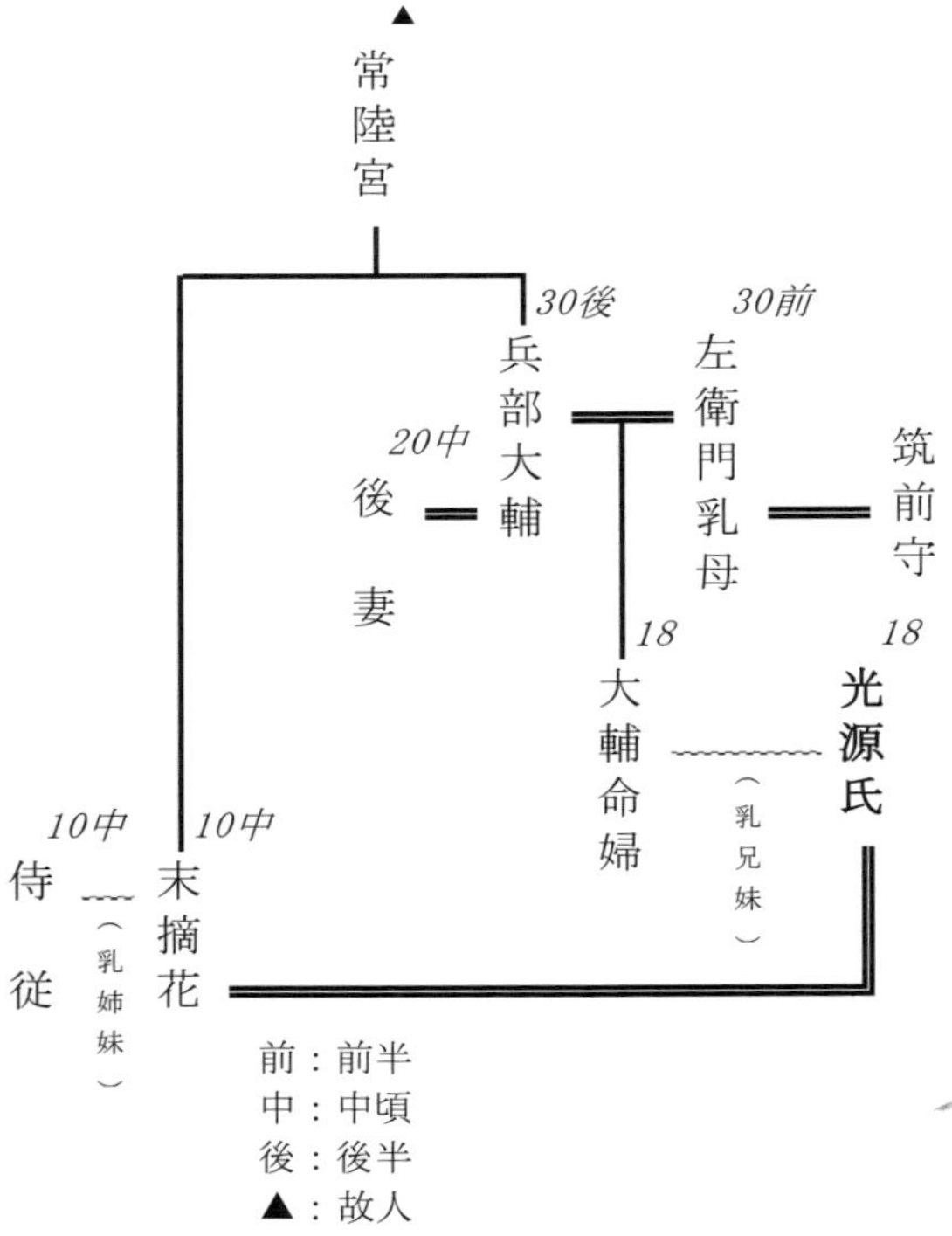

のたましも著《しる》く

―琴《きん》聞かせよと大輔命婦《たいふのみょうぶ》―

言うに違《たが》わず　源氏君
十六夜《いざよい》月に　罷《まか》り来《こ》す
「まあま斯様《かよう》な　朧夜は
琴《きん》音の響きも　澄まざるに」
命婦《みょうぶ》が言うに　源氏君
「すぐにと奥へ　参りてぞ
ただ一曲《ひとふし》も　聞かせよし
聞かず帰るは　悔しきに」

命婦源氏《げんじ》君を　我が部屋に
置くを済まなく　思いつも
寝殿《おく》へ参るに　姫君は
格子も下げず　梅の香の
匂う庭をば　眺めおる

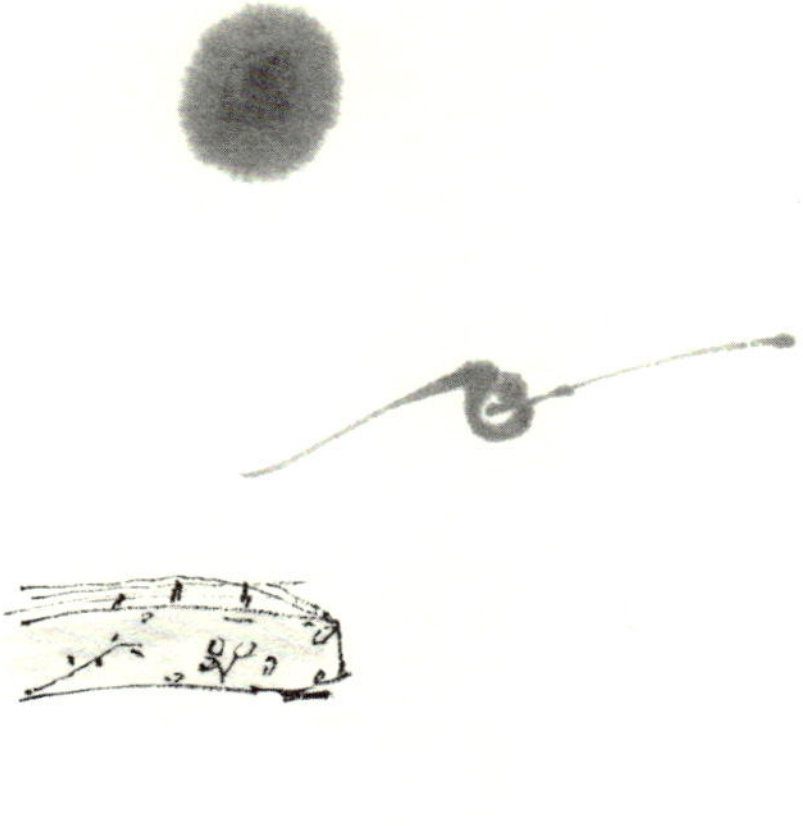

良き頃合いと　命婦なは
「さぞや琴《きん》の音　澄みたるの
夜と誘われ　罷《まか》り来す
日頃は気急《せ》く　訪ねにて
琴《きん》聞かざるの　悔しきに」

「理解《わか》る人居る　嬉しくも
宮中《みや》に出入りの　人などに
聞かせる芸で　無きものを」
言いつ姫君　琴引《ひ》き寄すに
命婦（源氏君《げんじ》が　如何《いか》聞く）と
思うに胸も　複雑に

姫君《ひめ》が仄《ほの》かと　弾く音色
源氏君《げんじ》聞きなす　（風情な）と

深き芸には　あらねども
琴《きん》持つ音色　床しきに
聞くに堪えずは　思わざる

(斯《か》くも荒れ寂《さ》ぶ　邸《やしき》にて
元は身分の　高き故
古風重々《おもおも》　育ちしの
名残もなしに　暮らすなは
さぞや悲しく　思《おぼ》すらん

昔物語《むかしがたり》に　斯《か》かる場所
床し恋など　ありしやな)
思いてここで　言い寄りを
為さんとすれど　些《いささ》かに
早やきにありて　不躾《ぶしつけ》と
こころ引けてぞ　立ち淀む

命婦《みょうぶ》才智の　女《ひと》なりて
(長く聞かすは　飽かす)やと
「雲出《い》で来たに　戻らねば
約束《やく》す客人《きゃくびと》　訪ね来《く》を
厭《いと》い避けたと　思わるに

またの機会に　ゆるりとぞ
さあさ格子も　下ろさねば」
言いて弾止《や》めさせ　元の部屋

戻り命婦に　源氏君
「中途半端で　弾き止《や》むは
　腕も分からず　口惜《くちお》しや」
言いたる源氏《げんじ》君　口振りは
姫に好感　抱きしか

「同じ聞くなら　今少し
　近きにありて　話など」

言うを命婦は　（今ここで
　気を揉ませなば）　思いしか
「飛んでもなしや　姫君は
心細きに　沈み込み
苦し心に　暮らすやに
いきなり男　逢うなるは
元身分《みぶん》思うに　出来はせぬ」

聞きたる源氏《げんじ》君　（なるほど）と
（逢うに直《す》ぐとの　親しきは
　下《げ》なる身分の　することか）
思うに姫君《ひめ》は　貴きの
身分なりしや　思いつも
「我れの気持ちも　機会《とき》を見て
　伝え置きなせ　それとなく」
言いつけされる　源氏君

他所《よそ》に約束　あるにてか
帰ろとするの　忍狩衣《しのび》見て
「常々帝《みかど》　貴方《あなた》をば
『真面目すぎるの　困るにて』
言うを可笑《おか》しく　聞きまする
まさか帝《みかど》が　この姿
ご覧なさるの　無きからに」
言うに戻りて　源氏君《げんじ》笑《え》み
「他の人なら　いざ知らず
浮気症《うわき》なお前　言うことか
これを浮気と　言うならば
お前の日頃　何と言う」

言うを聞きたる　命婦なは
(我れを余程な　多情女《うわき》)とて
時々《ときに》言わるを　恥じたるか
何も言わずと　黙《もく》しなす

寝殿の方《かた》に

―そこ居る男誰ならん―

もしも今なら　寝殿《おく》の方
姫君様子　分るかと　透垣《すいがき》の
部屋を出でるや　物陰に
崩れ残れる　こは如何《いか》に
寄らんとするに　男あり
そこに佇《たたず》む　気を寄せる
(誰ぞここにも　思いつつ
好き者居たか)　眺むれば
身隠しながら

【透垣《すいがき》】竹や板などで間を透かして作った垣

そこ居たなるは　頭中将《ちゅうじょう》で
共に宮中　罷出《まかで》しが
源氏君《げんじ》左大臣邸《やしき》に　寄りもせず
二上院《にじょう》帰るの　気配なく
別れたるのを　(何処《どこ》へや)と
我が用捨てて　後付けり
手配品疎《ひんそ》な　馬に乗り
狩衣《かりぎぬ》姿　変えたれば
気付かれなしと　付け行くに
思いも掛けぬ　邸《いえ》入るを
不審抱きて　入り行き
聞こえ琴《きん》の音　耳しつつ
源氏《げんじ》君出で来を　待ち居れり

【狩衣《かりぎぬ》】公家の着る略服の常着

そんなこととは　知らぬ源氏君《きみ》
我れ知られなば　面倒と
去ろうとするの　抜き足に
寄り来た男　声かける
「我れ撒《ま》きなすの　口惜《くちお》して
斯《か》くてお迎え　罷《まか》り越す

内裏をば
共に出でたに
そこもとは
十六夜《いざよい》月か
何処《いづこ》へ失せぬ」

得意げ言うの　癪《しゃく》なるも
相手を知るに　笑み零《こぼ》る

もろともに
大内山は
出でつれど
入る方見せぬ
いさよひの月

「驚かすにも　程がある」
憎っくき奴と　源氏君

分け隔て
なく里照らす
月の入る
山を訪ねる
人居らぬぞよ

里分かぬ
かげをば見れど
行く月の
いるさの山を
誰かたづぬる

切り返すかに　頭中将《ちゅうじょう》は
「付け回さるの　気や如何に」
「さても忍びの　歩きなは
良きの随身　ありてこそ
我れを連れぬの　ことやある
身窶《みやつ》し歩き　不慮の元」

忠告受けて　源氏君
見つけられしの　癪《しゃく》なれど
撫子《なでしこ》得たを　知らぬのを
密《ひそ》か誇らの　こころ内

おのおの契《ちぎ》れる方《かた》にも

―源氏君《げんじ》頭中将《ちゅうじょう》競うかに―

（ええぃ良《い》いや）と　二人共
約束《やく》した女　訪ねずと
一つ牛車《くるま》に　乗り合わせ
雲隠れにし　月の下
笛吹き合わせ　左大臣邸《やしき》へと
先駆け声も　立てさせず
忍び入って　廊下陰《かげ》
直衣《のうし》姿に　着替えなし

素知《そし》らぬ顔で　今来たと
ばかりに笛を　吹き居れば
聞き逃《のが》さずの　左大臣《さのおとど》
高麗笛《こうらい》を　持ち出《い》だし
さすが手練《てだ》れぞ　見事吹く
さらには琴《こと》を　運ばせて
御簾《みす》中女房　達者なに
弾かせなされて　合い和する

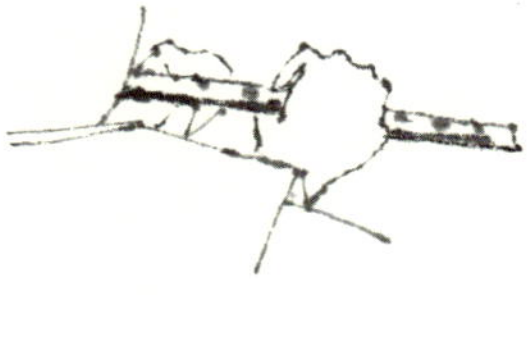

琵琶が得意の　中務《なかつかさ》
頭中将《ちゅうじょ》誘いを　受け付けず
偶《たま》さか来るの　源氏君《げんじ》には
拒みも見せず　靡くなの

噂自《おの》ずと　洩れゆきて
大宮これを　厭《いと》いしに

邸居辛《やしきいづ》らの　鬱《うつ》抱くも
源氏君《げんじ》と別れ　離れるを
辛《つら》く思いて　辞もせずと
興醒《きょうざ》め顔に　もたれ居り

【中務《なかつかさ》】
・朝廷に仕える婦人の呼び名　ここは葵上の女房
・父兄など縁故ある者の官職名に由来して呼ばれる

琴の音静か　流る中
源氏君《げんじ》頭中将《ちゅうじょう》　先ほどの
哀れ住まいの　様子をば
なにや風情と　思《おぼ》し居る

頭中将《とうのちゅうじょう》　思うには
(もしや可愛い　女《ひと》なるが
あんな荒《あば》ら家　住み居るを
見初《みそ》め愛《いと》しと　通いなば
世間噂も　止《と》めやらず
体裁《ていさい》悪き　ことぞかし)
(さりとて源氏君《げんじ》　意気込みを
見るに遅れを　取りしか)と
思うにつけて　妬《ねた》ましく
不安に駆らる　頭中将《とうちゅうじょう》

その後も源氏君《げんじ》　頭中将《ちゅうじょう》は
文遣りたるも　返事《へん》ぞなし

頭中将　気になるも
返事《へん》無きなるは　気も悪く
（何たることか　癪《しゃく》ならし

斯様《かよう》なる邸《いえ》　住みたるは
物の哀れを　感じ為《な》し
何ともなしの　草木にも
空の様子《さま》にも　心寄せ
歌や文など　遣り取りに
人柄見るの　可愛いに

斯《か》くも引っ込み　思案なは
気に入らなくも　嘆かわし）
焦《じ》れる思いの　頭中将《とうちゅうじょ》

源氏君《げんじ》に会うや　頭中将《とうちゅうじょ》
隠すことなく　訊《き》き及ぶ
「例の返事は　来たるやな
我れも遣りたが　なし礫《つぶて》」

愚痴るを聞きて　源氏君
（やはりしたるや　言い寄りを）
思いて密《ひそ》か　にんまりと
「さあて見たくも　然《さ》も無くも
返事《へん》来たるやも　来《こ》ずなるも」

言うを聞きたる　頭中将
（先や越さる）と　悔しがる

姫を思うの　源氏君
さして執着　なかりしが
斯《か》くも冷淡《つめた》き　あしらいに
気持ちも冷《さ》めて　居りしかど
頭中将《ちゅうじょう》口説《くど》く　聞きしより

（口説き多きに　女靡《ひと》く
そして最初の　男をば
捨てた如くの　したり顔
されてたまるか）　思われて
真剣《まじめ》と頼む　命婦へと

「姫君気持ち　判別《わか》ぬまま
文返えらぬの　辛きにて
ただの色恋好《いろず》き　思わるか
斯《か》くも薄情　受けるなは

女重きの　思慮無くて
重《しげ》き口説きに　付き行きて
過ち我れの　所為《せい》にさる
あってならずや　斯《か》く如き

心豊かで　親兄弟
無くてあれこれ　言わなくの
親しみ易き　女《ひと》こそは
愛《いと》し相手と　思いしに」

言うに答えて　命婦なは
「さても意向に　副《そ》うような
お相手さるは　不向きかと
途轍《とてつ》もなしの　内気にて
引っ込み思案　そのもので」
知りうる限り　源氏君《げんじ》へと

「才気走るの　気はなくて
無邪気おっとり　可愛や」と
胸過《よぎ》るなは　夕顔か

強請《せつ》くも返事《へん》の　無きままに
瘧病《わらわやみ》をば　患いて
藤壺宮《みや》と密事の　鬱々《うつうつ》に
春も過ぎ行き　夏さえも

秋のころほひ

―引っ込み思案姫君に―

秋の夕べの　静けさに
ふとの思いは　砧《きぬた》音
耳の触《さわ》りも　懐かしく
思うにつけて　人恋し

幾度たりとも　あの姫へ
文は遣れども　返事《へん》はなし
(男女の情も　分からずや
癪《しやく》に障《さわ》るも　術《すべ》はなし)
意地も加わり　源氏君
やいのやいのと　命婦責《せ》む

「文返事《へん》も無しなは　如何なるや
未《いま》だ知らずの　この仕打ち」
不快込めての　もの言いに
「不似合いなりと　我れが決め
妨《さまた》げ為すの　ことやある
内気酷《ひど》きの　姫なりて
ろくにご返事　為《な》せずかと」
答う命婦に　源氏《げんじ》君なお

「それは違うぞ　おい命婦
未《いま》だ着かずの　物心
意に任せぬの　親がかり
ならば仕方の　なきなるも

既にそうでは　なきものと
思うに文を　遣りたるぞ

何とはなしの　寂しさや
所在もなしの　心細
我れも覚える　そんな時
同じ心に　返事《へん》来れば
心叶《がな》いの　気もするに

男女情の　ことなんぞ
どうでも良くて　この我れは
あの荒れ邸《やしき》　簀子《すのこ》にも
佇《たたず》みたくの　思いのみ

収まりなしの　この気持ち
晴らす為にも　姫君の
許しなくとも　計り為せ

姫を苦しめ　困らせる
行い屹度《きっと》　せぬからに」

世間女の　噂など
関心なしに　装《よそお》うも
心留《と》め置く癖の　源氏君《げんじ》やに

つれづれ夜話の　慰みに
「こんな方《かた》が」と　洩らしたを
思いも掛けぬ　執心に
(煩《わずら》わしきの　仕儀なるや
姫の様子も　今一つ
手引きこのまま　進めるは
気の毒なるの　事態にも)
(されど源氏君《げんじ》の　斯《か》くまでの
真面目《まじめ》申され　応《こた》えずも
意地の悪きと　取られぬか)
命婦あれこれ　思いなす

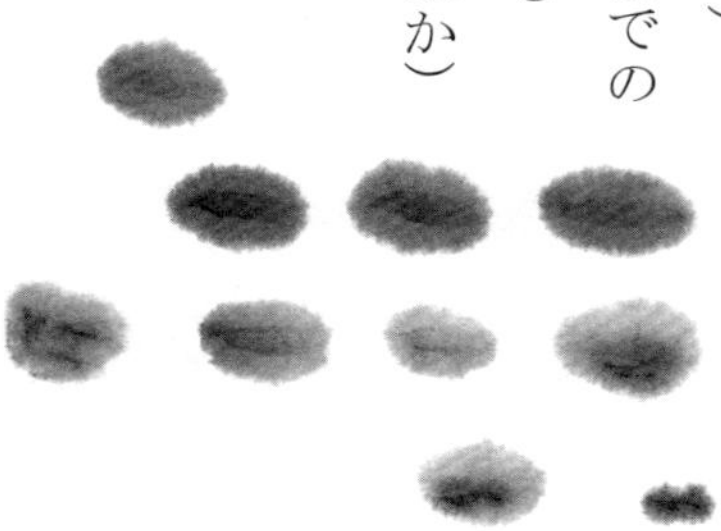

常陸宮《みや》存命に　在りしさえ
古き宮家に　ありしかば
訪《おと》ないたるの　少なきに
斯《か》くも荒廃《あれ》たを　増してをや

あろうことにか　そこなるに
来たる文なは　源氏君《げんじ》から

身分低きの　女房さえ
頬を緩めて　「さあ返事《へん》を」
勧めはすれど　斯《か》の姫は
並外れたる　内気にて
文を見るとの　気もぞなし

思案の末に　命婦なは
（さすれば機会　見つけなし
物越しにても　逢わせるか
お気に召さねば　それまでぞ
仮に縁あり　通い来《く》も
宮家に咎《とが》む　人ぞなし）

色恋沙汰を　軽きにと
思うの命婦　我が父の
兵部《ひょうぶ》大輔告げずと　事図る

宵過ぐるまで

—恥じる姫をば命婦は諭《さと》す—

八月《はづき》二十日も　過ぎたころ
待ち遠《ど》う月も　まだ出《い》でず
星の光の　冴え冴えと
松の梢に　吹く風も
心細げな　宵のこと

姫は昔を　思い出し
話す言葉も　涙勝ち

時節頃合い　なりしかと
予《かね》て命婦が　知らせしか
源氏《げんじ》君忍《しのび》衣装で　訪ね来る

やっと出《い》で来《く》の　月照らす
荒れたる間垣　気味悪く
眺め居たるに　聞こえ来《く》は
命婦強要《せっつ》き　弾かす琴音《ね》か

命婦思うに　（今少し
恋情《こころ》緒込めたが　良きやに）と
手引き心に　逸《はや》れるも
拙《まず》くもなしの　音色にて

人目少なき　邸《いえ》なりて
源氏《げんじ》君た易く　入りなし
声掛け命婦　呼ばせなす

【間垣】竹や柴などで目を粗く編んだ垣

命婦素知《そし》らぬ　顔にてぞ
「何とこれまあ　突然な
源氏の君の　お出ましや

常々姫の　返事《へん》無きの
何とかせよを　断るに
『ならばこの我れ　直《じか》にでも』
言いてしものを　如何《いかが》せん

思い切りての　お訪ねを
無下《むげ》の断り　とてもにて
物越しにても　お話を」

言うに姫君　恥ずかしと
「男と話す　然《さ》も知らず」
奥へ退《すさ》るの　初心気《うぶぎ》なを
命婦失笑《わら》いて　諭《さと》しなす
「子供じみたも　程々に
身分高貴《たかき》が　二親の
庇護《ひご》許あるは　まだしもや
親亡くしての　この暮らし
男女情に　斯《か》くの如《ごと》
後込《しりご》みするは　如何《いかが》かと」

強き逆らい　出来ぬ姫
「返事しなくの　聞くだけぞ
格子を閉めて　その外で」
「簀子《すのこ》になぞは　失礼な
ご無理軽率　せぬ方ぞ」
命婦巧妙《うまく》と　言い包《くる》め
母屋《もや》と廂間《ひさし》の　襖錠《ふすまかぎ》
閉《さ》して源氏君《げんじ》の　座を作る

姫恥ずかしさ　溢《こぼ》れ来も
男人《ひと》と話すの　心得ず
命婦言うなら　思いける
乳母《うば》代わりなす　老女らは
宵の転《うた》た寝　頃合いも
若き女房の　二、三人
斯《か》の名高きの　源氏君
せめて姿と　心躍《ときめ》けり

姫を美服に　着替えさせ
身繕《みづくろ》いをば　整うに
心構《かま》え無きなは　姫ばかり

抑え化粧の　源氏君
艶《つや》やに見える　その姿

（心知りたに　見せたきや
斯《か》かる寂所《とこ》にて　気も引ける）
思いつ命婦　源氏《げんじ》君なの
鷹揚様子《さま》に　居たるをば
（出過ぎは無きと　見受けるに
一安心）と　思いたり

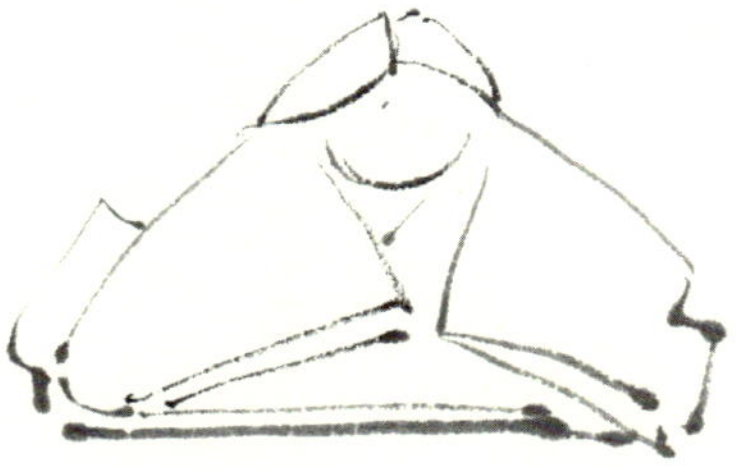

その一方で　命婦なは
（源氏《げんじ》君責めるの　逃《のが》れんと
手引き為《な》したに　この先に
気の毒姫に　一層の
苦しみ与う　無かりしや）
不安過《よぎ》るの　胸の内

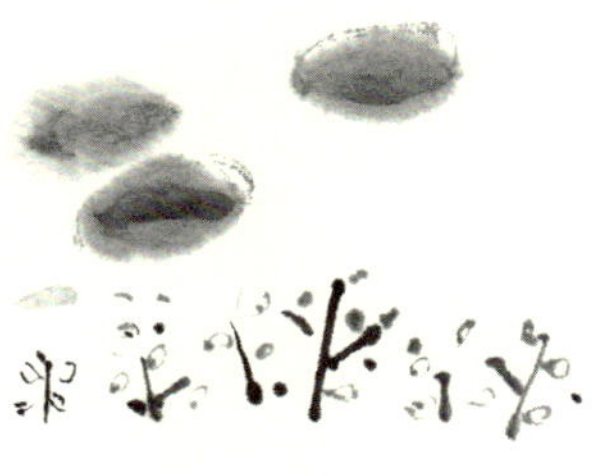

人の御ほどを思《おぼ》せば

―源氏《げんじ》君襖をこじ開けて―

源氏《げんじ》君思うに　(この姫は
生まれ身分を　考うに
変に気取った　おきゃんより
奥床しいが　似合いぞな)

そこに女房に　勧められ
座を進めたる　姫君の
薫る衣服の　床しさに
(さてもこそぞ)と　思いたり

今が機会と　源氏君
長く思慕《した》うの　あれこれを
言葉巧みと　話すなも
返事《へん》寄越さずの　姫にして
何の返答《こたえ》の　あらばこそ
(ええい癪《しゃく》な)と　嘆きつつ

「幾度《いくたび》の
無しの礫《つぶて》に
気も萎《な》うも
「嫌！」言われぬを
心支えに
はっきりせずは　いと苦し」

いくそたび
君が無言《しじま》に
負けぬらむ
ものな言ひそと
言はぬ頼みに

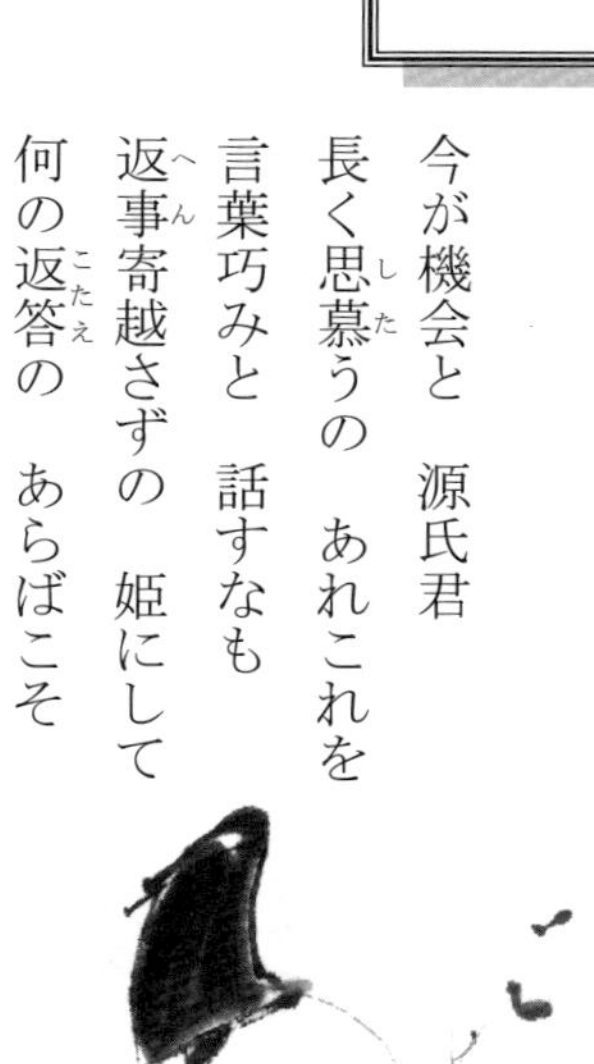

見兼ね乳母子《めのとご》　侍従《じじゅう》なの
お調子者の　若女房
（えいじれったい　見ておれぬ）
思い代わりて　為す返事《へん》は
止《や》めてとは
　さすがに言えず
されとても
　答え申すに
　　決め得ぬこころ

鐘つきて
とぢめむことは
さすがにて
答へまうきぞ
かつはあやなき

【無言《しじま》（静寂）の鐘】
騒ぎたつ人を制して
静かにさせるために
打つ鐘

若き返事の　重《おも》無きを
源氏《げんじ》君（姫には　軽きな）と
思うも代人《かわり》　とは知らず
「やっとの初返歌《へん》の　嬉しさに
息呑み言葉《こと》の　出ざるなり
　返事《へん》無きは
　「嫌！」と言わるに
　　勝れども
　黙し続くは
　　辛きぞやはり」
続き源氏《げんじ》君は　あれこれと
こと面白く　熱っぽく
続き語るも　返事《へん》ぞ無し

言はぬをも
言ふにまさると
知りながら
おしこめたるは
苦しかりけり

（ここまで来たに　ええぃもう
　人を小馬鹿に　為しおるか）
焦《じ》れた源氏君《げんじ》は　これまでと
襖こじ開け　母屋《もや》内へ

（油断見透かし　何とまあ）
命婦は姫に　不安をば
覚えはするも　胸咎《とが》め
知らぬ振りにと　我が部屋へ

傍に居たるの　若女房
源氏君《げんじ》姿に　見惚れてか
気圧《けお》されたかに　止められず
大き騒ぎも　出来ぬまま
（唐突なるに　姫君は
　定め心も　持たぬやに
お可哀想）と　思いなす

当の本人　姫君は
ことが進むに　反応《おう》じずて
茫然《ぼうぜん》自失　恥ずかしく
身を竦《すく》ますの　ばかりなを
（最初はこれが　可愛いやな
　大切《だいじ》育ての　故にてぞ
　男女情の　知らずなは）

思うも源氏君《げんじ》　今一つ
腑に落ちなくの　姫様子
気の毒なるの　気もしたる

後《あと》残れるの　味気無さ
思わず洩れる　嘆息《ためいき》に
源氏《げんじ》君早々　帰りにと

命婦《みょうぶ》目も冴え　聞き居るも
気付かぬ振りに　起きて来《こ》ず
「お見送りに」とも　声掛けず

誰も見送り　無きままに
静か門出る　源氏君

二条院におはして

――後朝文《きぬぎぬ》を遣《や》りもせず――

二上院《にじょう》戻りし　源氏君
横になられて　思うのは
(思い通りに　行かぬ世ぞ
張り合い無きの　女《ひと》なるも
身分重きに　捨て置けぬ)

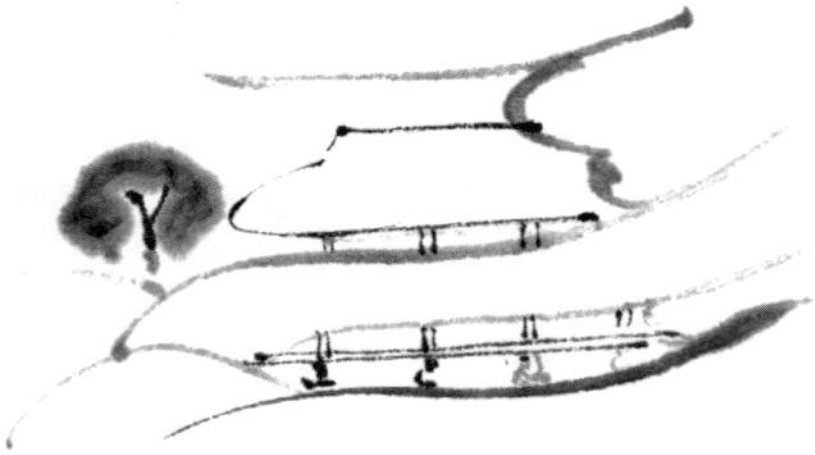

思悩《なや》むに来《こ》しは　頭中将《とうちゅうじょ》
「何《なに》ぞ度過ぎた　朝寝坊
さては昨夜は　好《よ》き宵を」
言うに源氏君《げんじ》は　起き上がり
「さても気楽な　独り寝で
内裏下がりの　お越しかや」

「左様直接　参り来《こ》し
朱雀院《すざくいん》への　行幸《みゆき》なの
楽人舞人《がくじんまいびと》　定めをば
今日にと昨夜　聞きしより
父《ち》左大臣《ち》にその旨　伝えてぞ
またも内裏へ　戻りなす」

急《せ》かす様子に　源氏君
「ならば朝餉《あさげ》を　ご一緒」と
粥《かゆ》や強飯《こわめし》　共に食い
二輛牛車《ぎっしゃ》の　一つ乗る
「おやおや未《いま》だ　眠きかや
内緒多きの　君なるや」
羨ましげに　言うなるも
嫌味も含む　頭中将《ちゅうじょう》口

【強飯《こわめし》】
もち米を蒸籠《せいろ》で蒸したり釜で炊いたりした歯ごたえのある飯

諸事の決め事　多きにて
源氏《げんじ》君内裏に　詰めおりぬ
昨夜姫君　思う度《たび》
気重《きおも》手伝い　後朝文《きぬぎぬ》も
遣《や》らずにいたが　夕暮れに
やっと出《い》だすも　雨模様
踏み出す足も　億劫《おっくう》に
覗き行きすら　引き止《とど》む
方や常陸宮《みや》なる　邸《やしき》では
後朝文《きぬぎぬふみ》の　時過ぐに
（お傷《いた》ましやの　姫君や）
命婦痛めの　心なも

【後朝《きぬぎぬ》の文】
・逢瀬の翌朝に送る恋文（思いが深いほど早く送る）
※後朝《きぬぎぬ》＝逢瀬の翌朝、二人っきりの時間が終わる時のこと

姫本人は　ひたすらに
起こりしことの　恥ずかしく
朝来る文の　未《いま》だなを
怪訝《けげん》なりやも　思わずて

「馴染《なじ》み来る
　様子見えぬの
　貴女《あなた》なに
更に足止む
　今宵の雨よ
待つのもどかし　雲晴れ間」
源氏君《げんじ》寄越せし　文にてぞ

夕霧の
晴るる気色も
まだ見ぬに
いぶせさそふる
宵の雨かな

来られ様子の　なかりしに
女房ら気落ち　なしつつも
「やはり返《へん》事」をと　勧めるも
こころ錯乱《みだ》れの　姫君は
型の返《へん》事さえ　為し得ずを
「このままにては　夜更ける」と
侍従《じじゅう》堪らず　教えなす

来ないやも
　知れぬ君待つ
　我が心
思い給えや
　ひと時なりと

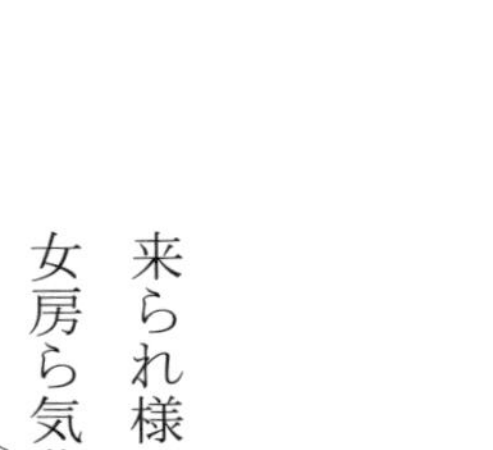

晴れぬ夜の
月待つ里を
思ひやれ
同じ心に
眺めせずとも

強要《せ》め書かされし　文なるは
紫紙の　色褪せに
筆跡《て》は力ある　中古風
散書《ちらし》なさずの　並び文字

来たる文をば　一瞥《いちべつ》に
源氏《げんじ》君そのまま　捨て置くも
（如何《いかが》思うや　あの姫は）
思うに付けて　気に懸り
（恋し愛《いと》しも　無きままに
通い続けの　悔しさよ
さりとて不憫《ふびん》　募るにて
ここに至らば　行く先の
面倒見るに　及《し》かずやな）
斯《か》くなる思い　知らずとに
嘆きぞ続く　姫君邸《ひめやしき》

大臣《おとど》夜に入りて
─訪ねもなしに秋も暮《く》る─

日も暮れ果てて　左大臣《さのおとど》
内裏出《い》ずるに　源氏君《げんじ》をば
誘い連れなし　邸《やしき》へと

朱雀院《すざくのいん》の　行幸《みゆき》をば
これぞ極めの　楽しみと
左大臣家《おとどやしき》の　公達《きんだち》は
ここに参集《あつま》り　事に触れ
日課稽古の　舞なんぞ
種々《さまざま》楽器　常よりも
競い響くの　音茂く
いつもは並び　使わぬの
大篳篥《おおひちりき》や　尺八の
吹くや音色の　姦《かしま》しく
高欄下に　太鼓など
出《い》だし公達《きんだち》　打ち鳴らし
嬉々とはなして　励みおる

【大篳篥《おおひちりき》】
雅楽用の管楽器、大小あるうちの大型のもの

【高覧《こうらん》】
簀子周囲に回らした欄干

斯《か》くて過ぎ行く　日々なりて
源氏《げんじ》君　暇《いとま》も　見つけ得ず
拠所無《よんどころな》は　別として
姫君邸《やしき》　無沙汰まま
やがてに九月《あき》も　暮れ行きぬ

待つを頼りの　姫邸《やしき》にも
同じく時は　過ぎ行けり

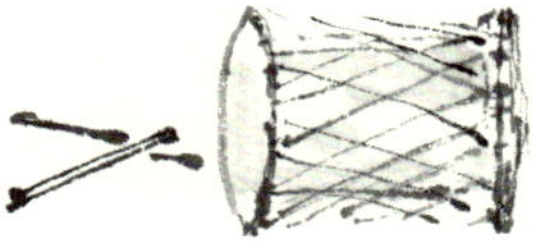

行幸《みゆき》の日なが　近づきて
試楽《しがく》あれこれ　騒ぐ折
命婦源氏《げんじ》君へ　顔出《い》だす

「その後如何《いかが》や　姫君は」
哀れみ勝ちに　問う源氏君《きみ》に
様子手短か　話しなし
「何と非道《ひど》きの　扱いぞ
見てる我らも　辛くにて」
泣かんばかりの　命婦顔

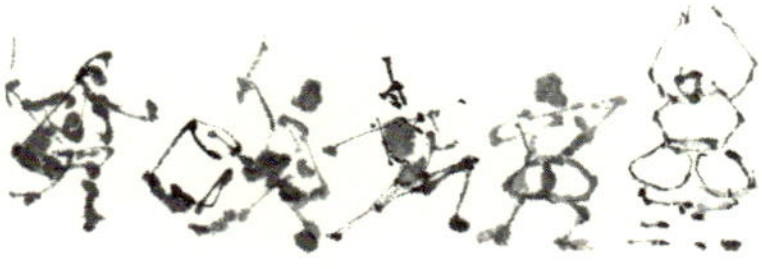

（そうか命婦は　程々で
引かせたきやと　思いしを
我れの気焦《きあせ》り　踏み込みを
恨みおるか）と　気が付くに

姫君さらに　もの言わず
塞《ふさ》ぎ込みおる　様子をば
想像《おも》うに哀れ　催して

「忙しいのは　事実なも
恨まれるのは　筋違い
我れが心は　姫にあり
理解《わかろ》としない　内気なを
懲《こ》らしたくての　通わずぞ」
嘆息《ためいき》しつつ　にっこりと

若く美貌の　笑顔《かお》見るに
命婦知れずと　頬緩《ゆる》み
（仕方もなしや　この若さ
買いたる恋恨《うら》み　多かるも
女思《おも》い軽きの　我儘も
致しかたなき　ことなるや）

やがて行幸の　多忙過ぎ
源氏《げんじ》君は時々《ときに》　姫邸《やしき》へと

斯《か》の紫のゆかり
——密《ひそ》か忍ぶに荒れ邸《やしき》——

丁度そのころ　源氏君
藤壺宮《ふじつぼ》ゆかり　姫君を
二上院《にじょう》迎えし　頃なりて
姫君《ひめ》愛《いと》しさの　朝夕に
六条さえも　足遠《あしどお》に
まして荒れたる　常陸宮邸《みややしき》
哀れ胸中《むねなか》　過《よぎ》りしも
憂《う》しと訪ねず　止む無きか

無性恥ずかし　した様子
怪訝《けげん》思うも　殊更に
突き詰めたくも　無しの日々
ふとに思うは　(もしやして
我れが好みの　容貌《かお》なるや
覚束《おぼつか》なきの　闇探《やみさぐ》り
何や不思議を　覚えしも
確かめたく)の　気が逸《はや》り
さあさ見せよも　出来ぬ故
皆《みな》気緩むの　夕紛《まぎ》れ
そっと邸《やしき》に　忍び込み
格子《こうし》隙間を　覗き見る

されど姫君　見えもせず
傷み几帳《きちょう》の　古びたが
古色《こしょく》と位置も　変えずある

良くは見えぬが　女房の
四、五人膳を　囲みおり
青磁《せいじ》食器の　唐物《からもの》の
見る影なしの　見苦しさ
下がり残膳《のこり》を　食すなも
並ぶ粗末《そまつ》食は　哀れにて

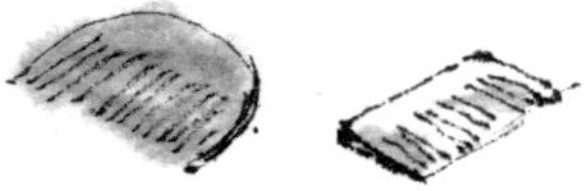

隅《すみ》で食する　女房共
着たる衣装の　寒げにて
白き着物の　煤《すす》けたに
腰なる褶《しびら》　薄汚れ
見苦し姿　見せおりし

櫛刺す髪の　額《ひたい》つき
古風出で立ち　そのままに
内教坊《ないきょうぼう》や　内侍所《ないしどこ》
そこにこんなが　居たぞなと
(神の前なら　いざ知らず
　人仕えるは　知らざりき)
可笑《おか》しに思う　源氏君

【褶《しびら》】
・下級の女房らが着用する衣服の上から腰に付ける簡略な裳・略儀の所用に用いる

【内教坊《ないきょうぼう》】
・宮中で妓女に女楽・踏歌を教習させた所
・節会・内宴などに奉仕した

【内侍所《ないしどころ》】
・宮中の賢所《かしこどころ》の別名
・神鏡を安置し、内侍がこれを守護した

「何と寒きの　この年や
長生きするも　辛《つら》きやな」
冷た涙に　くれるあり
「常陸宮《みや》様《さま》おいで　頃にても
辛き生活《くらし》と　思いしも
今を思えば　未《ま》だしもや」
震え上がるの　者もいる

恥ずかし愚痴《ぐち》の　あれこれを
聞くに堪えなく　源氏君
そっとその場を　引き離れ
今来たかとに　装《よそお》いて
格子叩きて　合図すに
「そうらお越し」と　女房ら
灯《ひ》を明るなし　格子開け
源氏《げんじ》君中へと　お入れなす

若き女房の　侍従《じじゅう》なは
斎院《さいいん》奉仕　兼ね務め
今はここには　居らざりて
貧相《ひんそ》女房や　老い女房
これらばかりで　他おらず
源氏君《げんじのきみ》は　気も沈む

憂《うれ》えし雪の　降り来たり
さらに激しさ　増す中に
険《けわ》しくなるの　空模様
時に吹き来た　荒れ凮に
大殿油《おおとのあぶら》　消えけるも
誰も灯《とも》すの　人ぞなし

【斎院《さいいん》】
・賀茂神社に奉仕した未婚の内親王または皇族の女性
・斎院の居所の名称

【大殿油《おおとのあぶら》】
宮中や貴族の寝殿で用いる油で灯す灯火

胸を過《よぎ》るは　あの夜の
某院《なにがしいん》の　物の怪《け》や

荒れたる様は　似ておるも
狭く人気《ひとけ》も　未《ま》だしもは
気安くあれど　とてもにも
眠れ難きの　夜なりき

斯《か》くなる夜の　二人寝は
趣深く　しみじみと
心に留《と》まる　ものなるに
相も変わらず　反応《おう》じなく
愛嬌なしの　姫君に
(何故《なぜ》に斯《か》くも)と　源氏君

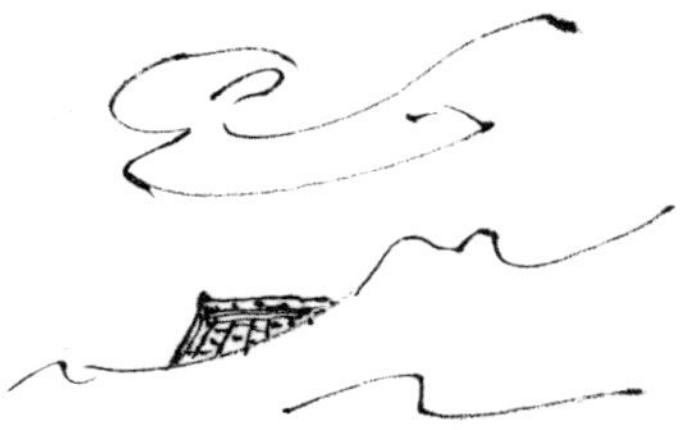

からうして明けぬる

——源氏君《げんじ》見たるのその容貌《かお》は——

ようやく夜明け　兆《きざ》すにて
眠れぬ源氏君《げんじ》　起き出《い》だし
手ずから格子　上げ見るに

前栽《せんざい》白き　雪景色
人の踏みたる　跡なしの
荒涼たるの　寂しさに
姫を捨て置き　帰るなは
哀れ誘いて　声掛ける

【前栽《せんざい》】庭先の植え込み

「ご覧な空の　美しさ
もう馴染《なじ》みても　良かろうに
打ち解けなくは　情なし」

ほの暗《ぐら》空も　雪明かり
源氏君《げんじ》姿の　常よりも
若く美し　見えるをば
老いの女房ら　彼方《かなた》より
笑みを浮かべて　眺めつつ

「さあさ早くに　お出ましを
そんなふうでは　行けませぬ
素直なるのが　好《よ》かるにて」

教え諭《さと》すに　姫君は
人逆らうの　出来ぬ性格《たち》
あれこれ直し　身繕《みづくろ》い
膝行《いざり》て外へ　出で来たる

源氏君《げんじ》よそ見を　装いつ
横目流しに　見る様子
(如何《いかが》なるかや　思うより
好《よ》きにてあれば　嬉しきに)
期待含ませ　目遣《や》りしも
勝手推量《すいりょ》の　虚しさよ

先ずにと源氏君《げんじ》　目に止むは
座高《ざこう》高きの　胴長で
(やはりそうか)と　落胆す

次に(何《なん》たる　これは)とぞ
思い見たるは　鼻なりき
思わず知らず　目が留まる

普賢菩薩《ふげんぼさつ》の　象のそれ
呆《あき》れるほども　長く伸び
赤み帯びたる　垂れ先が
いかにも異様　思わせる

雪白顔色《かお》は　青み帯び
額《ひたい》広きに　顔長く
面長《おもなが》なるの　極みかや

【普賢菩薩《ふげんぼさつ》】
文殊菩薩と共に釈迦如来の脇侍で、白象に乗って仏の右側に侍す

痩せぎすなるの　痛わしく
着物上から　それと見ゆ

(何故《なぜ》に見たるや　全てをば)
思いはするも　珍《めず》らにて
ついつい目をば　避けやれず

頭形や　豊か髪
この上なしに　勝りおり
袿《うちぎ》裾幅　余るをば
一尺ばかり　覗かせり

衣装取り立て　言うなるは
殊更なりて　憚《はばか》るが
昔語りも　然《さ》もあるに
ここに言い立つ　お許しを

【袿《うちぎ》】
・「袴《はかま》」、肌着に当たる「単《ひとえ》」の上に着る衣装
・何枚かを着重ねる
・格式を表すためには、この上に裄《ゆき》・身丈共に短い「小袿《こうちぎ》」を重ね着る
※袴＝袷《あわせ》でなく一重が好まれ、丈は長く足を中に入れたままの形で着た
※単＝袴の上、肌に直接着る衣　上に着る袿より裄《ゆき》・身丈共に長い

薄紅色の　色褪《あ》せの
単《ひとえ》を着たる　その上に
黒ずみ袿《うちぎ》　重ね着て
さらに黒貂《くろてん》　皮衣
香薫《た》き込めた　豪華なを
着たる姿を　眺むるに

由緒《ゆいしょ》古風の　衣装なも
若き女の　着るにては
あまり不似合い　大仰《おおぎょう》で
目立つばかりの　異様さよ

されど無ければ　皮衣
如何にも寒き　顔付きを
源氏《げんじ》君痛まし　ご覧なる

【黒貂《くろてん》】
・イタチ科の哺乳類
・毛色は黒あるいは暗褐色
・男性用の高級品であるが、この時時代遅れか

源氏君《げんじ》あんぐり　もの言えず
無言《むごん》人二人に　なりたるを
気詰り思い　例の如
あれこれ言うも　姫君の
恥じて口元　覆うさえ
昔風なの　野暮ったさ
まるで大仰《おおぎょう》　肘張りて
練り歩くかの　儀式官

やっと笑《え》みたる　顔付きも
取って付けたの　ぎこちなさ

催《もよお》す哀れ　源氏君
早やの帰りが　胸過《よぎ》る

「世話する無きの　その身なを
見初《みそ》めし我れを　疎《うと》まずと
慣れ親しむを　望むなに
打ち解け無きは　情なや」

などを帰るの　言い訳に

朝日《ひ》が射して
軒の垂氷《つらら》は
溶けにしを
心垂氷《つらら》の
溶けぬは何故《なぜ》ぞ

歌掛けするも　姫君は
「むむ」と口噛《か》み　笑《え》まうのみ

朝日さす
軒の垂氷《つらら》は
解けながら
などかつららの
結ぼほるらむ

返しの歌も　出《い》でぬ様子《さま》
気の毒見兼ね　源氏君
そのまま出でて　帰りへと

御車寄せたる

―老いの門番みすぼらし―

牛車《くるま》停めにし　中門は
夜目にはさして　目立たずも
今見る今朝は　寂しきに
酷《ひど》きに荒れて　傾きぬ

ただ松の木にに　積もる雪
山里見るの　心地して

(そうそ雨夜の　品定め
話題『葎《むぐら》の宿』なるは
斯《か》くの如きの　所かや

そこに可憐女《かれんな》　住まわせて
心躍るの　恋したや
苦しき藤壺宮《みや》の　思慕なるの
重き思いも　紛《まぎ》れるに)

(住まい理想《おもい》に　ありしかど
住みたるや人の　然《さ》もなきは
詮《せん》方なしに　あるぞかし)

(他の男は　いざ知らず
我慢できるは　我れのみか

斯《か》くなりたるは　姫君の
後《のち》の心配　魂に
込めたる常陸宮《みや》の　導きの
賜物なるに　違《たが》いなし)
しみじみ思う　源氏君

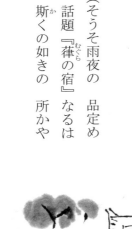

時に埋もれる　橘樹《たちばな》の
雪を随身《ずいしん》　払わすに
「我も」と松が　起き返り
降りて掛るの　雪を見て
『名に立つ末の』古歌思い
（上手《うま》くなくとも　直《す》ぐ様に
返歌《かえし》くれるの　人や欲し）

【名に立つ末の】
わが袖は
名に立つ末の
松山か
空より波の
越えぬ日はなし
―後撰集―
（波（雪）避ける
名高松山
我が袖か
降りくる波（雪）が
絶えずと越える）

門は錠《かぎ》差し　閉まりおり
預かりたるを　呼びやるに
よぼけ老人《おいひと》　出で来たる
後《あと》に娘か　孫なのか
齢の判別《わか》らぬ　女なの
雪に目立つの　煤《すす》け着て
炭火《ひ》を入れたるや　深器《ふかうつわ》
袖で覆いて　持ちたるは
如何にも寒き　様子《さま》なりき
老人《おいひと》門を　開《ひら》けねば
女手助《た》くも　甲斐なくて
供人《とも》が手伝い　ようやくと

「袖濡らし
門開《あ》ける年寄
見る我れも
共に哀れの
朝袖濡らす

『幼者形不蔽《わかきはかたちかくれず》』と

思わず源氏君《げんじ》 口ずさみ
詩句に含まる 鼻中《はななか》に
鼻赤きなの 寒顔《さむがお》を
思い出《い》だして 苦笑なす

(頭中将 見たりなば
如何《いかが》言うかや 疎《うと》ましや
いつも窺い したるやに
いつ見つかるも 知れずやな)
逃《のが》れ無きやの 胸思い

降りにける
頭《かしら》の雪を
見る人も
劣らず濡らす
朝の袖かな

【幼者形不蔽《わかきはかたちかくれず》】
夜深煙火尽《よふけてえんかつきぬ》
霰雪白粉々《さんせつしろくふんぷんたり》
幼者形不蔽《わかきはかたちかくれず》
老者体無温《おいたるはていあたたかなるなし》
悲喘与寒気《ひぜんとかんき》
併入鼻中辛《ふたつながらびちゅうにしてからし》

夜が更けるも 火の気もなくて
霰に雪が 乱れて降り来
幼《わか》きは被う 服とてなくて
老いは体に 温もりぞ無し
悲し喘ぎと 寒気が混じり
共に鼻中 入るぞ辛し

―白氏文集―

世間並なる 容貌《かお》ならば
思い捨てるの 苦も無きを
斯《か》くも定かに 見てからは
哀れみ増すの 強くなり
こまめ通うの 途切れなし

黒貂《くろてん》皮の　代わりにと
絹、綾、錦　また更に
老い女房へ　衣服など
はては門番　老人《おいひと》へ
上下気遣い　届けなす

ここまでされる　援助をば
惨《みじ》めたりとも　思わぬを
気疲れなしと　源氏君

（世話で後見　為すべし）と
思い常では　失礼な
出過ぎ世話まで　なされるに

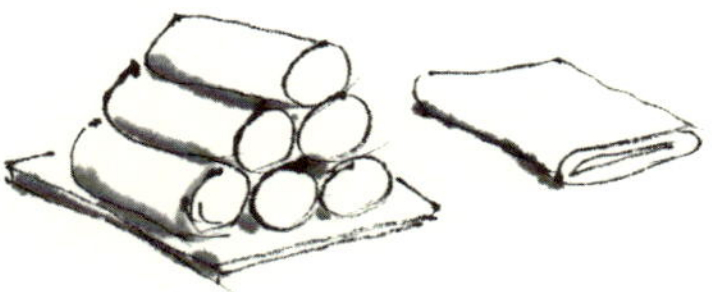

（斯《か》の空蝉《うつせみ》が　くつろぎし
宵に見せたる　横顔の
とても器量《きりょう》と　言えなくも
優美たたえし　身のこなし
これが美し　見えたりき

空蝉比べ　この姫君《ひめ》が
決《け》して身分の　劣らぬに
品《しな》は身分と　別なるを
見知りたるやの　心地する

それにつけても　空蝉の
優し気立てと　気強さに
負けて手引くの　止む無しや）

悔し思うの　空蝉の
事ある度の　胸過《よぎ》り

年も暮れぬ
―源氏《げんじ》君に届く衣装箱―

暮れも近付き　源氏君
内裏宿直所《とのい》に　御座《おわ》すへと
大輔命婦《たいふのみょうぶ》　罷《まか》り越す

髪の手入れの　折などに
恋愛感情《きづかい》なしの　戯言《たわむれ》を
言える女を　召す源氏君《げんじ》

それの一人の　命婦なは
召されなくとも　用あらば
訪《おとず》れ為すの　気安にて

【宿直所《とのいどころ》】警備守護や遊びのために内裏で宿泊するに用いる部屋

「困りしことの　ありつるを
申さず置くも　出来ぬかと
悩みおりて」と　笑み顔伏《ふ》せぬ

「何事なりや　この我れに
遠慮するとは　らしくない」

「いえ　この我れの　悩みなら
勿体《もったい》なくも　申すなも
とてものことに　これはもう」
言うの淀むの　口なるに

「例の　思わせ振りかや」と
源氏君《げんじ》いらつき　先を請《こ》う
「姫君からの　お文にて」
取り出《い》だしたを　源氏君《げんじ》へと
「ならば隠すの　なかりしを」
言いつ受け取る　様子をば
見るに命婦は　身も縮む

厚ぼったきの　陸奥紙《むつがみ》に
薫《た》き込め香り　染《し》み込みて
一応文《ふみ》の　体裁《てい》なすに
何と歌をも　載せたりて

「唐衣
　あなた心の
　　冷たさに
　袂《たもと》は斯《か》くも
　　濡れ濡《そぼ》ちなす」

(言いたきことの　何なるや)
首を傾げる　源氏君《げんじ》へと

【陸奥紙《むつがみ》】
・陸奥で多く産した、紙質が白く厚く小皺がある紙
・上質な紙で消息文に使用されたが、懸想文には不向き

唐衣
君が心の
つらければ
袂はかくぞ
そぼちつつのみ

命婦《みょうぶ》風呂敷　解《と》き開き
重き古風な　衣装箱
「こんな物をば　お見せすは
きまり悪きの　ことなれど
姫君《ひめ》が貴方《あなた》の　元旦の
晴れ着と用意　されたるを
返すわけにも　参らずて

さりとて手元　留め置くは
姫君気持ち　背《そむ》くにて
先ずはお目にぞ　掛けてとぞ」

「留め置くなどと　そは無しぞ
共寝者《ともね》無き身の　我れにては
嬉しかるべき　志《こころ》にて」
言うもそのまま　黙《もく》しなす

(さても拙《つたな》の　詠《よ》みぷりぞ
姫自《みずか》らの　作なりし
侍従《じじゅう》ありせば　直したに
他に教える　居らずにて)
詮《せん》無き思い　捕わるも
姫が苦心と　作る様子《さま》
想像《おもう》につけて　洩れる笑《え》み

「まこと古式の　歌なれば
やんごとなしと　申すめれ」
言うを聞きたる　命婦なは
顔赤らめる　ばかりにて

開けたる箱に　目をやるに
艶《つや》もすっかり　失せたるの
古めく直衣《のうし》　裏表
色濃きなるの　下品なが
端々覗き　見え居れり
(これは酷《ひど》い)と　源氏君
思いつ持てる　文なるに
何や手遊《てすさ》び　書きつるを
命婦横から　見てみれば

「心惹く
　色では無きに
　何故《なにゆえ》か
末摘む花に
　袖触れたるや
美し花と　思いしに」
とぞ書きたるの　目に留まる
(何ぞ紅花《べにばな》　咎《とが》むべき)
思いてみるに　はた気付く
時々《ときに》見たなる　姫君の
お顔照らすの　月明かり
源氏君《げんじ》手遊《てすさ》び　酷《ひど》きやも
可笑《おか》し思うの　堪《こら》え得ず

なつかしき
色ともなしに
何にこの
すゑつむ花を
袖にふれけむ

【末摘花】
・紅花の異称
・茎の末に咲く花を
採って染料とする

「姫様を
　恋思《おも》う心の
　　薄くとも
　　傷言立《あげつら》い
　　　名を貶《おとし》めな

紅の
　ひと花衣
　　薄くとも
　ひたすら朽《くた》す
　　名をし立てずは

　我慢ごころも　お持ちなせ」
分った様に　言う命婦

大した歌に　なけれども
(せめてこれ程　なりしかば)
思う源氏《げんじ》君の　悔しさよ

身分が身分　気の毒も
さらに名前を　傷つくは
さすが出来ぬと　思う源氏君《きみ》

人びと参れば

―赤鼻誰れと女房共―

何や足音　聞こえ来《く》に
「隠せやこれを　ともかくも
斯《か》くなる品を　贈るなは
世間の常を　越えるにて」
呻《うめ》く源氏《げんじ》君を　命婦見て
(見せるべきやに　無かりしか
我れの浅はか　見せたるや)
恥じて下がるの　そそくさと

翌日《あくる》出仕の　清涼《せいりょう》殿の
台盤所《だいばんどこ》の　命婦へと
源氏《げんじ》君覗きて　文を投ぐ
「ほうら昨日の　お返しぞ
心懸かりを　晴らすとぞ」
(すわ何事)と　女房共

【清涼殿《せいりょうでん》】
・内裏の殿舎の一つ
・帝の日常の居所

【台盤所《だいばんどころ》】
・清涼殿の一室で女房の詰所

「たたらめばなの　色のごと
三笠の山の　をとめ捨て」
俗謡歌《うた》を　口ずさみ
騒ぐを後目《しりめ》　行く源氏《げんじ》君
命婦可笑《おか》しと　口抑《おさ》う
経緯《いきさつ》知らぬ　女房共
「なにさ一人で　笑うなは
訳を知らせ」と　命婦責《せ》む

【たたらめの】

たたらめの花のごと
掻練《かいねり》好むや
げに紫の色好むや
三笠の山の
をとめをば捨てて
―風俗歌―

（たたらめの
掻練《かいねり》紅を好むかや
それとも紫好むかや
三笠の神は
乙女を捨てて）

※たたらめ＝たたら〈鍛冶炉〉を司る巫女

※三笠の山＝三笠の山は建御雷命《たけみかづちのみこと》を祭る春日神社の神域であり、建御雷命は鍛冶に必要とされる槌《つち》の神

「さあ一向に　何かしら
寒きの朝に　掻練《かいねり》の
紅色鼻《べにいろばな》を　見たるやな
途切れ歌いの　いやらしさ」
命婦が言うに　女房共
「それは無いわよ　この中に
鼻の赤きは　居なくてぞ」
「左近命婦《みょうぶ》や　肥後采女《うねめ》
居られた時の　事なるや」
がやがやがやの　大騒ぎ

【掻練《かいねり》】

・砧でよく打って練ったり糊を落として柔らかくした絹織物
・紅色のものについて言うのが多い

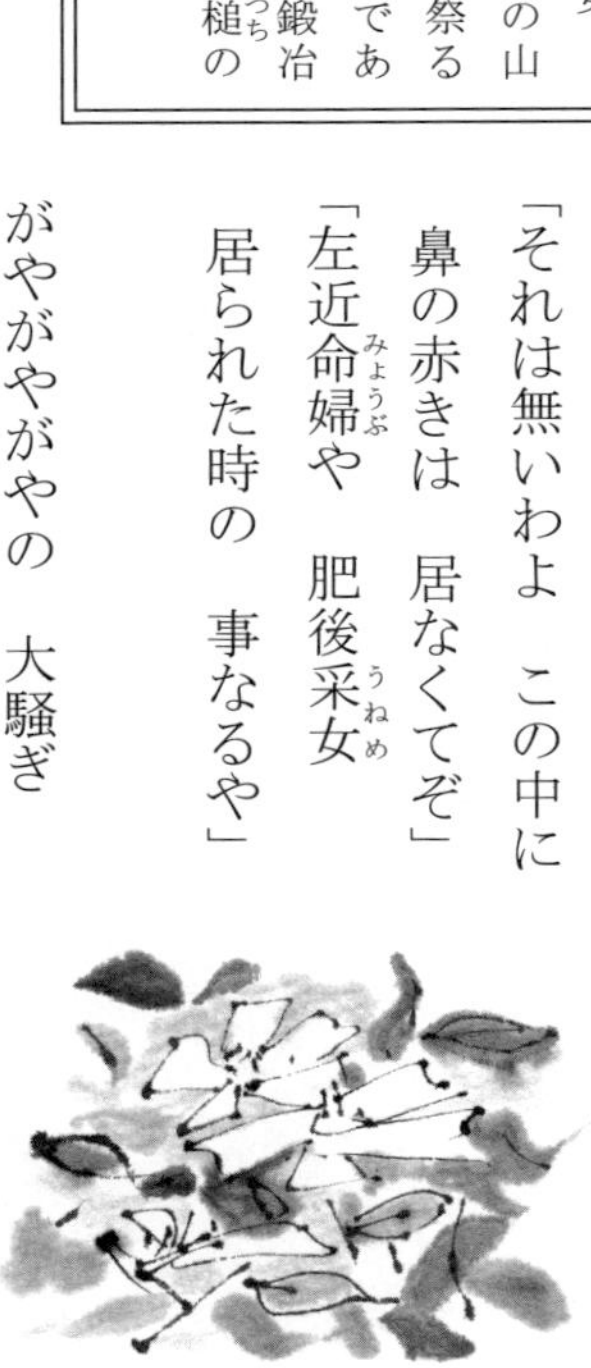

命婦戻りて　返し文
開くに女房　ざわめきぬ
「逢わぬ夜が
多《お》いに隔ての
衣寄贈《ふくよす》は
さらに逢わぬ夜
重ねろとかや」
無造作《むぞうさ》書くの　白い紙
味ある様《さま》に　見え侍《はべ》る

あはぬ夜を
隔つるなかの
衣手に
重ねていとど
見もし見よとや

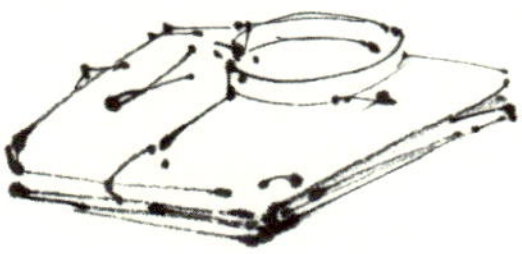

暮れも晦日《みそか》の　夕暮れに
命婦持ち帰来《く》る　衣装箱
中には誰ぞ　源氏君《げんじ》へと
差し上げたるの　一揃い
葡萄《ぶどう》染めなる　衣装やら
山吹襲《かさね》　いろいろが

【襲《かさね》】
・衣服を重ねて着るときの衣と衣の配色、または衣の表と裏との配色
・卯の花襲、山吹襲など

「衣装返しに　衣装とは
聞かぬぞさては　贈りしの
色気《き》に召さぬ　お心か」

「いいえあれなは　高貴なる
紅色にてぞ　負けはせぬ」
きっぱり言うの　老い女房

「歌にしたって　姫君《ひめ》様が
理屈に合って　よく分る」
「あちら様のは　技巧をば
凝《こ》らししのみの　ものにてぞ」

騒ぎを余所《よそ》に　姫君は
送りし苦心　自作なを
大切《だいじ》と紙に　書きおけり

朔日《さくじつ》のほど過ぎて

―やっと声出す常陸宮姫《ひたちひめ》―

正月行事　過ぎ行くも
今年は　男踏歌《おとことうか》にて
歌舞管弦の　稽古など
心忙《せわ》しの　日々なれど

常陸宮《みやや》の邸《やしき》の　寂しさを
思い出《いだ》した　源氏君
七日白馬節会《せちえ》の　済みし夜
御前下がりて　宿直所《とのいどこ》
泊まると見せて　訪ね来《き》ぬ

【踏歌《とうか》】
・足を踏み鳴らして歌い舞う集団舞踊で、歌に巧みな男女を召して年始の祝詞歌い舞わせたもの
・男踏歌は正月十四または十五日に、女踏歌は十六日に行った

常陸宮《みやや》の邸《やしき》は　以前より
心なしかや　賑やかに
姫《ひめ》君も少しく　大人見ゆ
(容貌《かお》も変われば　よかりしに)
源氏《げんじ》君変わらず　思うにて

【白馬節会《あおうまのせちえ》】
・帝が正月七日に左右馬寮の官人の引く白馬を紫宸殿で見る一年の邪気を払い除く儀式
・醍醐天皇の時代から白馬を用いるようになったが、本来は青馬を用いたのでこう呼ばれる

日昇る頃に　源氏君
出《い》で難きやに　帳台《ちょう》の外

東妻戸《つまど》の　開けたれば
壊《こわ》れ廊下の　屋根なしに
日足《ひあし》寝殿《おく》まで　射し込みて
降りた雪なの　照り返し
奥まで清《さや》か　見え亘《わた》る

源氏君《げんじ》直衣《のうし》を　着なさるを
見つつ帳台　出《い》で臥すの
頭　髪など　零《こぼ》れ出《づ》は
相変わらずの　美しさ

（変わらぬかなや　ご面相）
思いつ格子　上げかかる

【帳台《ちょうだい》】
・貴人の寝床
・低い台に畳を敷き四方に帳《とばり》を垂らした

すっかり見たの　後悔《あとくい》や
格子上まで　上げやらず
下に脇息《きょうそく》　支えにと

源氏《げんじ》君ほつれ毛　直すとに
古き鏡台　唐櫛笥《からくしげ》
掻《か》き上げ箱を　女房出す

（男《おとこ》髪道具が　揃うとは
さすが宮家）と　源氏君

傍の姫君　衣装なは
何と今日のは　世間並み
見えたは晦日《みそか》　源氏君《げんじ》から
贈りし中に　ありしもの
源氏君《げんじ》まさかと　気付かずも
洒落たる模様　表着《おもてぎ》に
何や見覚え　思いたる

「年も変わりし　今年こそ
そなたの声を　聞かしなせ
声は後《のち》でも　構わぬが
固きの様子　緩めかし」
言うに応《こた》えて　こは如何《いか》に
「さえずる春は・・・」　洩れ気こゆ
やっと小さきの　震え声

【さえずる春は】

百千鳥
さへづる春は　物ごとに
あらたまれども　我ぞ古《ふ》りゆく
──古今集──

(どの鳥も　囀《さえず》る春に　ものは皆
新《あら》たまるやに　齢とる我れは)

「そうそ上手《じょうず》だ　その調子
齢《とし》を取られた　証拠《あかし》ぞな」
笑《え》みて源氏君《げんじ》は　声上げて
『夢かとぞ見る』　古歌なんぞ
口ずさみてぞ　出《い》で行くを
寄りかかり臥し　見送るの
姫君《ひめ》の隠しし　口覆い
末摘花の　覗《のぞ》きしを
源氏君《げんじ》（見苦し）　思いなる

【夢かとぞ見る】

忘れては
夢かとぞ思う　思ひきや
雪踏みわけて　君を見むとは
──古今集──

※「雪踏み分けて
帰る我れ
一目見るかな
汝《なれ》が顔」の意《こころ》か

二条院に御座《おは》したれば

—雛《ひいな》遊びに鼻塗る源氏《げんじ》君—

二条《にじょう》院戻りた　源氏君
そこの姫君　紫君《むらさき》は
幼きままに　美しく
(紅と云うにも　斯《か》く如き
こころ和みの　ありしやな)

無地の細身の　桜襲《おそき》をば
しなやか着るの　無邪気なの
可愛らしきと　目を細む
古風祖母《そぼ》なが　染めず居た
お歯黒源氏《げんじ》君　させたるに
眉もくっきり　清《すが》し見え
引き立つ様《さま》の　美しき

(何故にこの我れ　斯《か》くの如《ごと》
女人煩《わずら》い　激しやな
斯《か》くもいじらし　姫居るに)
思いつ源氏《げんじ》君　姫君と
共に雛《ひいな》の　遊びなど

姫は絵を描き　色付けを
面白気まま　描《か》き散らす
源氏君《げんじ》共にと　描《えが》くなは
髪の長きの　女人《にょにん》にて
鼻に紅色　付けたれば
絵なりと云えど　醜《みにく》かる

鏡写りし　我が美顔《かお》の
如何《いかが》あらんと　鼻頭《はながしら》
紅を塗りてぞ　覗き見ば
美形台無し　見苦しく
見たる姫君　笑い転《こ》く
「もしも我が顔　斯《か》くならば
如何《いかが》思うや　なあ姫や」

「イヤッ」と言いつつ　眉寄せて
紅の染《し》むをば　気遣《きづか》いぬ
さればと源氏君《げんじ》　拭き真似し
「白くならぬぞ　これはまあ
馬鹿げたことを　しつるかな
帝《みかど》は何と　思《おぼ》すらん」
真顔になりて　申さるに

姫は寄り来て　大変と
鼻を拭《ぬぐ》うに　源氏君
「平中《へいちゅう》なるの　黒墨を
塗るは御免を　被《こうむ》るに
紅は未《ま》だしも　堪えうるも」
ふざけ睦《むつ》ぶの　様子なは
仲良き夫婦　然《さ》も見えし

日のうららかに　照る中に
早くも霞　懸りたる
木々の梢の　花咲くの
未《いま》だ待ち遠《ど》い　その中に
膨らむ梅の　蕾見ゆ

階隠《はしがくし》下　植えたなる
早くに咲くの　紅梅は
今や早くも　色づきぬ

「紅《くれない》の
　花は空しや
　　疎《うと》ましや
　　　こころ惹かれる
　　　　梅枝なれど
ああっ」と源氏君《げんじ》は　嘆息《いき》を吐《つ》く

【階隠《はしがくし》】
・殿舎の階《きざはし》を覆うため軒先に柱を立てて作った庇《ひさし》

紅の
花ぞあやなく
うとまるる
梅の立ち枝は
なつかしけれど

如何《いかが》なるかの　行く末や
末摘花よ　若紫《むらさき》よ

【平中物語】
・平安時代に成立した歌物語
・作者や成立年は不詳
・主人公の「平中」は平安時代中期の歌人平貞文《たいらのさだふみ》

【平中墨塗譚】
・平中は女の許に通うとき、硯に水を入れて持参
・逢えぬ辛さを言うに、その水を目に濡らして泣くふりをした
・ある時、女はそれを見抜いて、水を墨に入れ替える
・知らずに平中は顔を拭い、顔が真っ黒になる

紅葉賀《もみじのが》

朱雀院の行幸は

―藤壺宮に試楽《しがく》をば―

朱雀院《すざくいん》への　行幸なは
神無月《かんなのつき》の　十日過ぎ
これまで無しの　見事なを
女御更衣の　方々は
見る能《あた》わずを　悔しがる
帝も藤壺　宮なるに
見せられなくを　不本意と
清涼殿の　庭前《にわさき》で
前以《も》て試楽《しがく》　催さる

【朱雀院】
・桐壺院の先代一院《いちのいん》の御所
・一院は桐壺帝の父もしくは兄

【試楽《しがく》】
・ためし試みる楽
・楽舞の公式演奏の予行演習として行う楽

源氏君《げんじ》が舞うは　青海波《せいがいは》
相手務むは　頭中将《ちゅうじょう》で
容貌・修練《そなえ》　秀でしも
さすが源氏君《げんじ》と　並びては
桜花《はな》の傍立つ　深山木《みやまぎ》か

【青海波《せいがいは》】
・雅楽の唐楽、盤渉調の曲、二人舞い
・青海の波と千鳥の文様をあしらった別装束を着け、千鳥の螺鈿の太刀を帯びて舞う
・舞楽中最も華麗優雅な名曲

鮮やか射すの　西陽光《ひかげ》
楽の音色も　高鳴りて
舞の趣　酣《たけなわ》と
舞うや源氏《げんじ》君の　足拍子
恍惚面貌《おも》の　素晴らしさ

朗誦なさる　その声は
さながら　迦陵頻伽《がりょうびんが》かと

朗々声の　響く中
帝《みかど》も涙　拭われて
上達部《かんだちめ》やら　親王《みこ》たちも
泣きつつ声を　聞き居れり

吟詠終えて　袖振るに
楽音《がく》一段と　華美となり
源氏《きみ》君の顔色　陽《ひ》に映えて
赤みを帯びて　輝けり

【迦陵《がりょう》頻伽《びんが》】
・極楽浄土にいるという想像上の鳥
・顔は美女の如く、発する声は非常に美しいという

見つる弘徽殿《こきでん》　女御なは
見事舞うをば　妬《ねた》ましく
「鬼神魅入りて　攫《さら》う様な
不吉に満ちる　容貌《すがた》ぞな」
言うを傍《そば》居る　若女房
顰《ひそ》め眉にて　聞きなせり

片や藤壺　宮なるは
(後ろめたきの　抱かずば
さぞや見事と　見られたに
あの夜がせめて　夢ならば)
戻らぬ現実《いま》に　痛む胸

帝《みかど》藤壺　張《ちょう》台の内
「如何《いかが》見たるや　試楽《しがく》なを
見事極みの　青海波」

問うに藤壺　胸詰まり
「この上なし」と答うのみ

「相手頭中将《ちゅうじょう》　劣らずと
舞や手捌《さば》き　さすがにて
並の名手の　舞よりも
勝《すぐ》る優美に　ありしやな

斯《か》くも見事な　試楽をば
見るに紅葉賀《もみじが》　興殺《そ》ぐの
ことなるやなと　思いつも
そなた見せたき　故にてぞ」

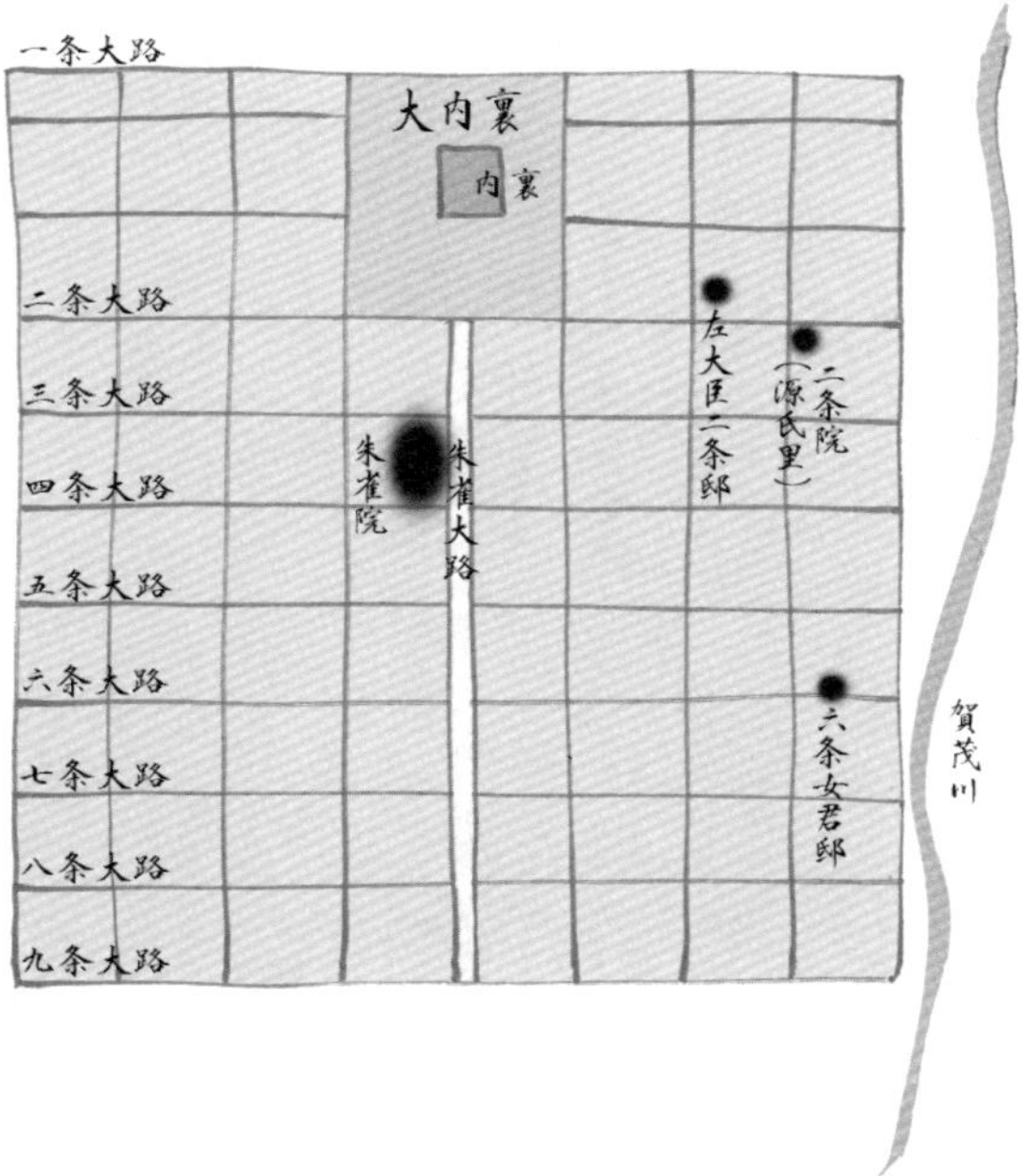

翌朝《あけて》源氏君《げんじ》は　文を遣る

「乱れたる
　思い抱きて
　舞いたるの
　袖振《ふり》しの心
　伝わりしやな
畏れ多くも　尋ねたく」

届きし文に　藤壺は
彷彿《ほうふつ》舞姿《すがた》　浮かびしか
とてものことに　捨て置けず

もの思ふに
立ち舞うべくも
あらぬ身の
袖うちふりし
心知りきや

唐人の
　袖振る舞に
　疎《うと》けれど
　何と見事な
　あの舞姿
心躍《ときめ》きなしに　見も出来ず」

まさか思いし　返事《へん》を得て
心躍《おど》りし　源氏君
(斯《か》かる舞楽も　詳しくて
異国由来を　込めし歌
さすが皇后《きさき》と　なる風格《ふぜい》)
思わず漏れる　微笑《ほほえ》みで
広げ眺めて　御座《おわ》しめり

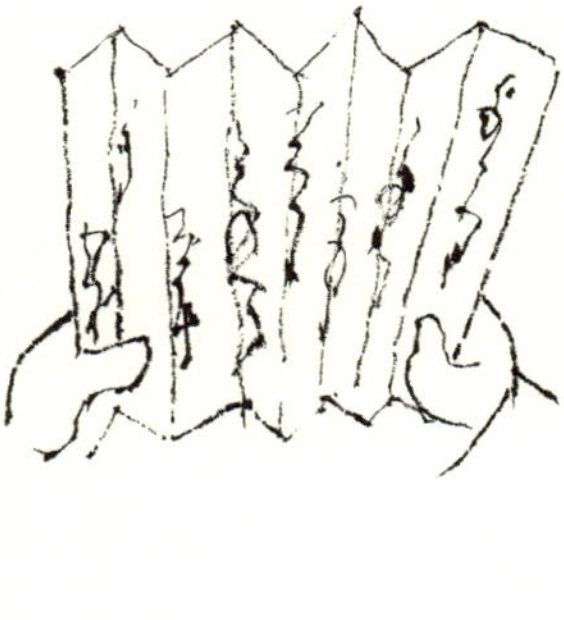

唐人の
袖振ることは
遠けれど
立居につけて
あはれとは見き

世に残る人なく

―源氏《げんじ》君舞うなる青海波《せいがいは》―

やがて来たりし　行幸の日
親王《みこ》を始めと　皆供奉《とも》に
春宮さえも　参じなす

予《かね》て用意の　楽の舟
浮かべし池を　漕ぎめぐり
唐土高麗《もろこしこま》風　舞人の
数えきれなき　舟上に
管弦《がく》や鼓《こ》の音　響きおる

魅入るばかりの　先日の
源氏《げんじ》君の舞に　まさかやと
厄除け誦経《ずきょう》　寺々で
それも道理と　思う中
(何もそこまで　大袈裟な)
眉つり上ぐは　弘徽殿《こきでん》ぞ

殿上人も　地下人《じげびと》も
身分問わずの　垣代《かいしろ》は
非凡名高き　達人を
選び揃えて　おられけり

左右の楽の　指揮するは
左右《さゆう》衛門の　督《かみ》二人
選ばれ舞人《まい》は　それぞれに
何《いず》れ劣らぬ　世評をば
舞の師匠と　招きなし
修練積みて　参じおる

【垣代《かいしろ》】
・舞楽、特に青海波の舞の拍子をとる人

【衛門督】
・衛門府の長官

【衛門府】
・皇居所門の護衛、出入の許可、行幸の供奉などを司った役所
・左右があった

小高紅葉の　木陰にて
垣代四十《しじゅう》人　吹く楽音《がくね》
響きあうかに　鳴る松風《かぜ》は
深山おろしと　紛《まが》うまで
色とりどりに　散る葉陰
舞出《いで》し姿の　青海波《せいがいは》
輝かしくも　恐ろしげ
源氏君《げんじ》挿頭《かざ》しし　紅葉葉は
輝く顔に　色朽《く》つに
御前《ごぜん》咲きしの　白菊を
差し替えたるは　左大将

日の暮れかかる　頃合に
天も感涙　したるかや
パラと時雨《しぐれ》の　降りかかり

映える白菊　挿頭《かざ》したる
源氏《げんじ》君見事の　舞姿
試楽《しがく》更増す　その技量《わざ》は
とても世のこと　思えずて
ゾクとする様な　納め舞

木の下岩陰　山木陰
眺む無粋の　下人らも
少しく情緒　解するは
涙流して　見入りたり

見事青海波《かいば》に　続きての
その場博した　見物《みもの》は
承香殿女御《しょうきょうにょご》の　第四皇子《みこ》
童姿の　秋風楽《しゅうふらく》

これら二つに　興味尽き
他の舞には　目止まらず
むしろ興醒め　誘いしか

【秋風楽《しゅうふうらく》】
・雅楽の唐楽、盤渉調の曲

その夜源氏君《げんじ》は　正三位
頭中将《ちゅうじょう》賜う　正四位下
それぞれ昇進《のぼ》る　上達部

全て源氏君《げんじ》の　あやかりで
舞で人々　驚嘆《おどろ》かせ
昇進なして　喜ばす
如何《いか》な善行　前世にて
積まれたるかや　源氏君

隙《すきま》もやと

—馴染《なじ》み増し行く幼姫—

出産準備《そなえ》　藤壺宮《ふじつぼ》は
三条宮邸《さんじょうみや》に　退出す

もしや会えると　源氏君
出歩き行くの　夜な夜なに
不沙汰責めるの　左大臣家《さのおとど》

加え若紫姫《わかひめ》　引き入れを
「女《ひと》迎えたり　二条院《にじょう》へと」
聞くに不快の　葵上《あおいうえ》

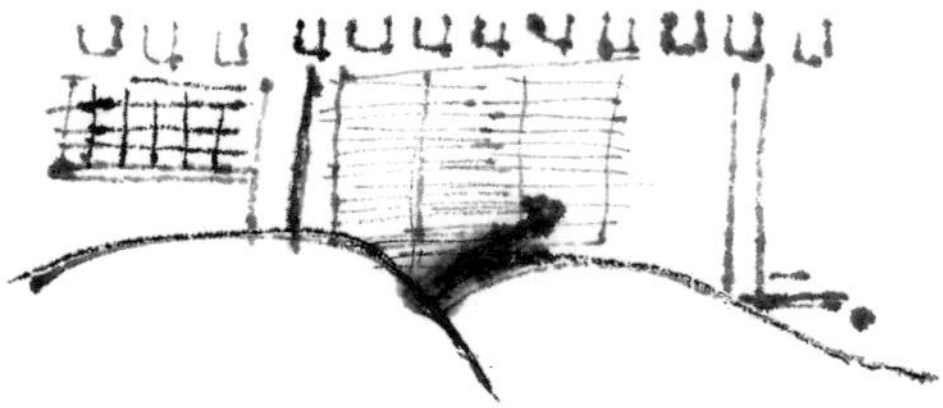

（引き取りたるは　少女《こども》だと
知らずの不快　諾《うべ》なるも
並の女の　如くなに
直ぐと恨みを　言うならば
隠さず話し　慰むに
変に邪推の　重なれば
浮気遊びも　したくなる

妻の容姿を　言うならば
一も二もなく　美しい
まして最初の　妻なれば
愛《いと》し大切《だいじ》と　する心
今は伝わる　ことなくも
やがて改む　ことやある）

（軽率なしの　穏やかな
この妻きっと　そうなる）と
源氏《げんじ》君信をば　寄せるのは
結ばれ縁の　深さかや

幼き姫は　馴染《なじ》むつれ
気立て容貌　優れきて
源氏の君に　馴付《なつ》きなす

（少の間　邸内《やしき》
誰も知らさず　おくかな）と
設備《しつらえ》凝らす　西の対《たい》
我れと明け暮れ　訪ねては
あれやこれやを　教えなす
手本書きては　習わせて
まるで他へと　預けたる
娘迎えた　親《ちち》の如
政所家司《まんどこけいし》　はじめとし
それぞれ係　定められ
不自由なしと　仕えさす

【政所《まんどころ》】
・政務・庶務を司る所
・親王や公卿の家政機関
【家司《けいし》】
・親王、内親王、摂関、大臣、三位以上の家の事務を司った職員

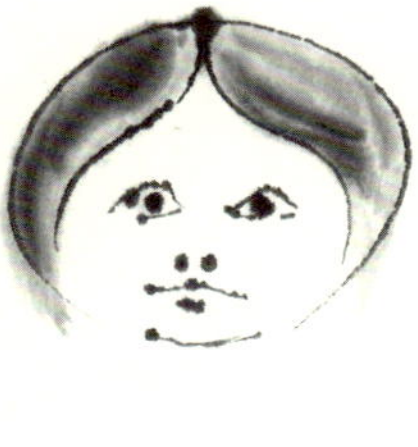

ことの次第を　知りおるは
惟光《これみつ》以外　誰もなく
皆々怪訝《けげん》　思うのみ
兵部卿宮《ちちみや》さえも　知らぬまま
幼姫《ひめ》は以前を　思い出《づ》に
尼君恋うの　多かりき

源氏君《きみ》居らるれば　気紛るも
時に家泊《やど》まり　ありしかど
通いあちこち　暇《いとま》なく
日暮れ出づるに　後追うを
（何と可愛や）　思う源氏君《きみ》

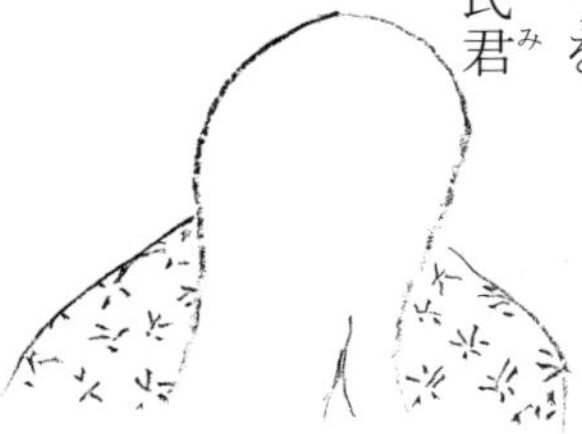

内裏勤めの　二、三日
左大臣《おとど》　邸《やしき》に　泊まらるに
幼姫《ひめ》の塞ぎの　一入《ひとしお》を
知りたる源氏君《げんじ》　いじらしく
母無き子持つ　心地して
出歩き気分　つと殺《そ》がる

あれこれ幼姫《ひめ》の　様子をば
北山僧都《そうず》　聞くにつれ
不思議思うも　喜びぬ

尼君法事　北山に
し給う折も　源氏君
丁重弔い　なされたり

まかでたまへる

―藤壺宮を訪ねるも―

会えぬ我慢に　堪《こら》え得ず
三条宮邸《さんじょうみや》に　退出の
藤壺宮《みや》に会わんと　源氏君
訪うに応ずは　王命婦《おうみょうぶ》
中納言君　中務《なかつかさ》

(何とも他人　行儀な)と
気分害すも　気を静め
差し障りなを　話す折
兵部卿《ひょうぶきょう》宮なが　訪ね来《こ》し

我れが居るなを　聞きつけて
席同じくと　部屋内へ

兵部卿宮《ひょうぶのみや》は　控え目で
優美でなよと　した風情
(女なりせば　さぞかしや)

密《ひそ》か思いつ　源氏君
幼娘《おさな》の父で　藤壺宮《みや》の兄
何故か親しみ　覚えてか
あれこれ細や　話し為す

兵部卿宮《ひょうぶのみや》も　源氏《げんじ》君なの
打ち解け様子　前にして
（ほんに魅力）と　見るにつけ
娘取られも　知らばこそ
（これが女で　あらませば）
とぞ色めきて　思いたり

日暮れとなりて　兵部卿宮《ひょうぶみや》
御簾の内へと　入《はい》らるを
羨《うらや》ましくと　見る源氏《げんじ》君
（昔は父帝《ちち》の　はからいで
近く直《じ》かにと　話せたに
今は斯《か》くをも　疎《うと》まるか）
辛く思うも　詮ぞなき

「重ね伺い　したきやも
殊更用の　無かりせば
不沙汰勝ちにと　なりぬるを
用《よう》事賜れば　嬉しきに」
形ばかりの　挨拶を
残し源氏《げんじ》君は　帰り行く

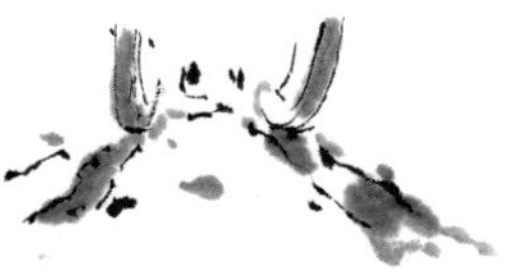

王命婦《みょうぶ》も手引き　出来もせず
藤壺宮の　御様子も
懐妊後《のち》は　打ち変わり
辛さ更にと　増す様《よ》にて
源氏《げんじ》君対する　御様子も
気許さずの　扱いを
悔やみ気の毒　思《おぼ》し見ゆ

斯《か》くて機会も　無きままに
日々が空しく　過ぎて行く

(儚な契りや)　思うにし
源氏《げんじ》君、藤壺《ふじつぼ》宮　共にてぞ

おぼえずをかしき世を

―雛《ひいな》遊びに夢中にて―

乳母少納言　思うには
（思いもかけず　姫様は
良きの運命《さだめ》に　遇《あ》いしやな

これも今亡き　尼君が
姫君《ひめ》の身思い　仏前に
祈り給いし　ご加護やな

したが源氏君《げんじ》は　ご立派な
北の方様　居らる上
ありこち通い　なすにては
やがて姫様　大人にと
なるに面倒　起こるや）と
重ね心配　少納言

とは言うものの　姫君を
源氏君《げんじ》格別　大切《だいじ》すに
心頼りを　覚え居る

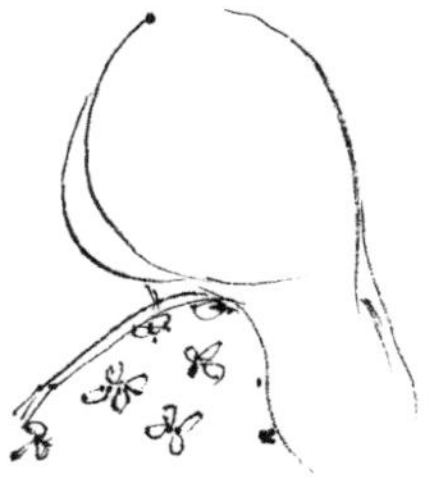

母方服喪　三月《みつき》にて
晦日喪明《みそか》くに　新た年
鈍色《にびいろ》喪服　着替えたり

母親《おや》失き子にて　育ちなば
色合い派手で　無き様《さま》の
紅《べに》や紫　山吹の
無地の小袿《こうちぎ》　着られたは
こざっぱりにて　可愛げぞ

源氏君朝拝《げんじちょうはい》　出づる前
姫君部屋を　覗かれて
「一つ年取り　今日よりは
少し大人に　なりしかや」
とぞ微笑《ほほえ》むも　魅力あり

【朝拝《ちょうはい》】
・元旦に天皇に年賀の辞を申し上げる儀式

時に姫君　一心に
雛並《ひいな》べに　興じいて
三尺厨子の　一対に
雛《ひいな》道具の　あれやこれ
飾り並べて　その周《まわ》り
源氏君《げんじ》作りし　御殿なぞ
所狭ましと　広げ居る

「儺《ついな》払うと　犬君《いぬき》めが
壊したからに　直し居る」
さもや思うの　大事《おおごと》と

「そうかなるほど　ひどいこと
すぐに直させ　ようものを
今日は元旦　不吉なは
言わずと泣かず　居られませ」

言いて大勢　引き連れて
出るを女房ら　見送るを
姫君《ひめ》も出《い》できて　ご覧なり

取って返して　雛《ひな》の中
源氏《げんじ》君見たての　人形に
参内《さんだい》真似を　させ遊ぶ

「大人と成らせ　今年こそ
十歳《とお》過ぎたるは　雛遊び
するは可笑《おか》しな　ことにてぞ

夫持つ身と　なりたれば
少しく淑《しと》や　態度にて
接し遊ばす　よきにてぞ

髪梳《す》くなるを　嫌がるも
もう大概と　しなくては」

遊び夢中の　姫君に
斯《か》くてはならじ　思えやと
言い聞かすべく　少納言

聞きて姫君　心うち
（そうねそうだわ　夫だわ
皆が持ちたる　夫なは
器量悪きに　ありしかど
我れが持ちたは　美貌にて
若くありしの　夫ぞな）

とぞ改めて　気付きなる

幼なと言えど　年の数
一つ加えし　証拠《あかし》かや

姫君見せる　幼さに
訳の分からぬ　関係と
周りの皆は　怪訝《あや》しむも
まさか夫婦で　あるからに
思いも寄らず　名ばかりと

内裏より大殿に

―左大臣邸《ひだりおとど》に参賀へと―

朝拝《ちょうはい》儀式　取り済まし
退《い》出でて向かうは　左大臣《さのおとど》邸

着きた邸《やしき》の　葵上
相も変わらず　すまし顔
直《なお》な優しさ　さも無きに
苦々しくと　源氏君

「今年からでも　遅くない
並の夫婦の　如くなの
心見せれば　嬉しきに」

聞きて葵《あおい》上は　心うち
(二条《にじょう》院に女　迎えたは
やがて正妻　思いてや
思うに悔し　疎《うと》ましや)

思えど顔に　出《いだ》さずと
源氏君《げんじ》言いしの　冗談に
支障《さわり》もなしの　返事《へん》するは
さすがに並の　女人《ひと》ならず

女君四つ程　年嵩《かさ》で
こちら気後れ　する程も
女盛りに　美しき

(斯《か》くも美し　この人に
何の不足の　ありしやな
我れの酷《ひど》きの　浮気癖
それを怨みて　斯《か》く為《な》すや)
我れと問うなる　源氏君

女君父なる　左大臣《さのおとど》
臣下第一　世評にて
皇女間に　設けてし
大切《だいじ》育ての　娘をば
自慢思うの　高くして
(これを粗略と　扱うは
許し難し)と　思いたり

然《さ》は知りつつも　源氏君
(何も然《さ》程に　この姫を)
などとの態度　取りたるが
二人心の　隔《へだ》て生む
左大臣《おとど》源氏君《げんじ》の　今一つ
信頼《しん》置けなきと　恨みつつも
会いて見給う　折節は
せっせ世話にと　励みなす

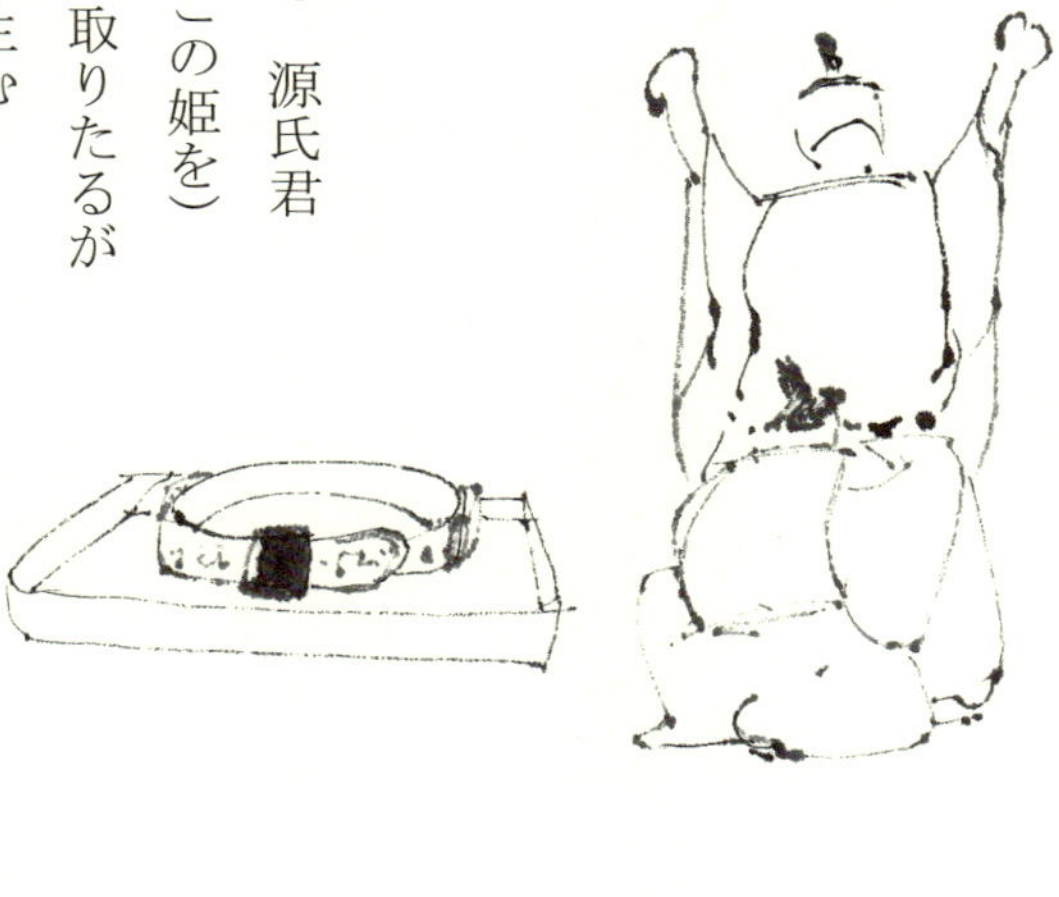

明けて源氏君《げんじ》が　出掛けんと
身支度するに　左大臣《さのおとど》
手づから見事　石帯《せきたい》を
持ち来《き》自ら　装束を
甲斐甲斐しくと　直す様
沓取る様にて　目に余る

「こんな見事な　石帯は
内宴《ないえん》などの　時にこそ」
言うを構わず左大臣《さのおとど》

【石帯《せきたい》】
・束帯のとき、腰を束ねる革帯

【内宴】
・宮中で行われた私宴

「それにはもっと　良き物を
珍らのみぞや　これなんぞ」
言いつ石帯《おび》をば　締めなさる

斯《か》くも源氏君《げんじ》を　世話するを
生き甲斐思う　左大臣《さのおとど》
(時々なりと　この様な
立派なお人　我が邸《やしき》
出入りするさえ　ありがたき)

源氏《げんじ》君行かれる　参賀先
あまり多くは　行かれずて
内裏、春宮　一院《いちのいん》
更にと足を　伸ばすのは
三条院の　藤壺へ

「今日もまたぞろ　美しや
年重ねるに　増々と
増すや美貌の　見事さよ」

誉めてそやすの　女房らを
聞きて藤壺　几帳から
ちらとご覧も　憂き心

【一院】
・同時に二人以上の院がある時、一番先になった人
・ここでは桐壺帝の先代

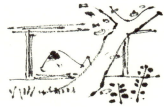

この御ことの
――皇子《みこ》生まれしに増す苦悩――

藤壺宮の　出産は
師走過ぎても　その気《け》配なく
この月こそは　思いつつ
仕え宮人　待ち焦がれ
宮廷にても　準備《そな》えるも
気配もなしに　月過ぎぬ

（物の怪仕業《しわざ》　なかりしや）
世間噂も　聞こえ来《く》に
藤壺宮も　胸痛く
（起こしし罪の　秘密故
　この身滅ぼす　ことやある）
思い嘆くに　気分さえ
苦しさ増して　滅入り勝ち

片や源氏君《げんじ》も　あのことが
禍い招く　種やもと
それと言わずの　修法《しゅほう》をば
あちこち寺に　させなさる

【修法《しゅほう》】
・密教で、加持祈祷などの法

(人の運命《さだめ》の　無き世故
儚《はか》なの身とは　なりつるや)
あれこれ悩む　藤壺宮《ふじつぼ》に
如月《きさらぎ》十日　過ぎたころ
やっと皇子《みこ》様　御誕生
藤壺宮《みや》の悩みし　種も消え
仕えの人も　内裏でも
伝え聞きてぞ　喜びぬ

(斯《か》くて生まれし　皇子《みこ》のため
長く生きねば　この命)
思う心に　重くとぞ
罪の意識の　湧き来れど
弘徽殿女御《こきでんにょうご》　誕生を
呪いたるやに　聞くにつけ
(これではならじ　死にたれば
笑い者にと　なり果つる)
とぞ気強くと　思いなし
平静心　戻したり

早《と》くと皇子《みこ》にぞ　会いたきの
帝《みかど》思うの　限りなし

真相露見　危ぶむも
同じ思いの　源氏君
見舞い途切れを　見計らい
三条《さんじょう》宮邸　訪ね為《な》し

「帝《みかど》待ち遠　御座《おわ》すれば
我れが拝見　報告を」
言うに藤壺　伝えるは
「未だ人間《ひと》様　顔ならず」
断わりするも　諾《うべ》なりや

されど断わる　真相《まこと》なは
生まれし皇子《みこ》の　顔形
源氏《げんじ》君のそれに　生き写し
紛《まが》うことなき　父《おや》と子ぞ

藤壺宮《みや》は呵責《かしゃく》に　さいなまれ

（この皇子《みこ》見れば　誰すらも
我れが犯しし　誤ちを
それと気づくに　違《たが》いなし
取る足らなきを　論《あげつら》う
世の中なれば　その内に
如何なる名《な》前をの　出づるやも）
思うにつけて　身も縮む

源氏君《げんじ》王命婦《みょうぶ》を　訪ね来て
「藤原宮《みや》に逢いたし」　言いしかど
甲斐なき仕儀の　くりかえし

「皇子《みこ》を見たし」と　言いたれば
「何故に斯《か》くもの　無理ばかり
今にご覧に　なれように」

答う王命婦《みょうぶ》の　心うち
源氏君《げんじ》同じに　苦し気《げ》ぞ

漏るべからずの　ことなれば
それとは言わず　声低く
「何時の日来れば　このことを
二人で直《じか》に　話せるや」

言いて泣く源氏君《きみ》　不憫《ふびん》なり

「前世の
如何なる宿縁《えん》の
所為《せい》なるや
今のこの世で
隔てらるるは
何たることの　理不尽さ」

いかさまに
昔結べる
契りにて
この世にかかる
なかの隔てぞ

藤壺宮《みや》の苦しみ　知る王命婦《みょうぶ》
無下の聞き置き　出来なくて
「若宮を
見ての嘆きと
見ぬ嘆き
子を持て迷う
親心闇
安ぎ心　持ち得ずの
お二人なるか　御気の毒」
そっと呟《つぶや》く　王命婦

見ても思ふ
見ぬはた如何に
嘆くらむ
こや世の人の
まどふてふ闇

願い叶わず　源氏君
三条宮を　後に為《す》が
訪《おとな》い来るの　人噂
立つを困ると　藤壺《ふじつぼ》宮は
以前程には　王命婦
親しみ接し　なさらずに
さして遠離《とおざ》く　こともなく
自然扱い　なされるも
疎《うと》むの様子　覗くなを
王命婦《みょうぶ》思うの　辛くとぞ

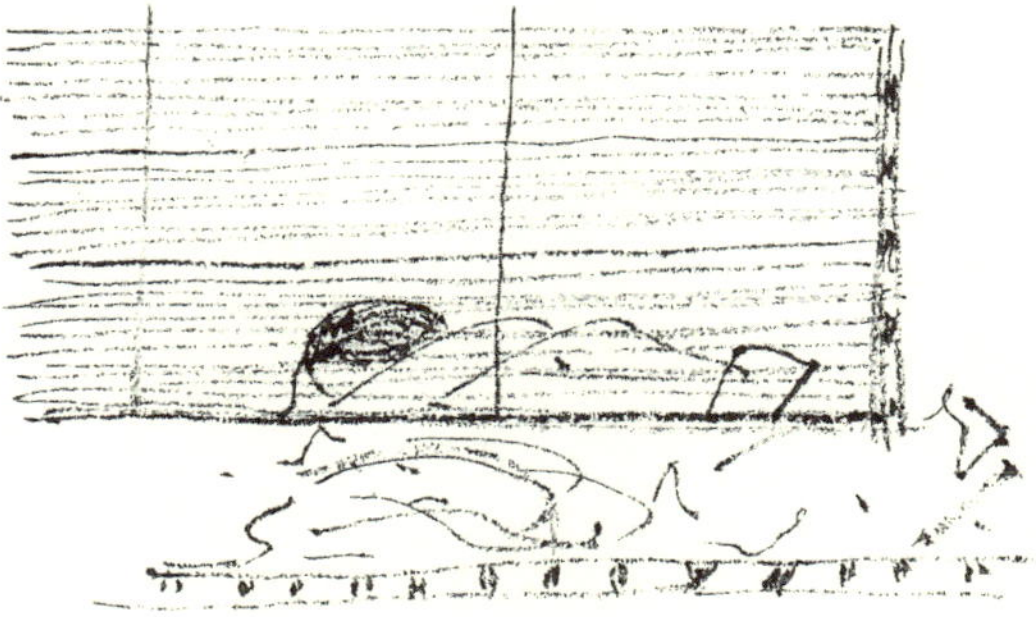

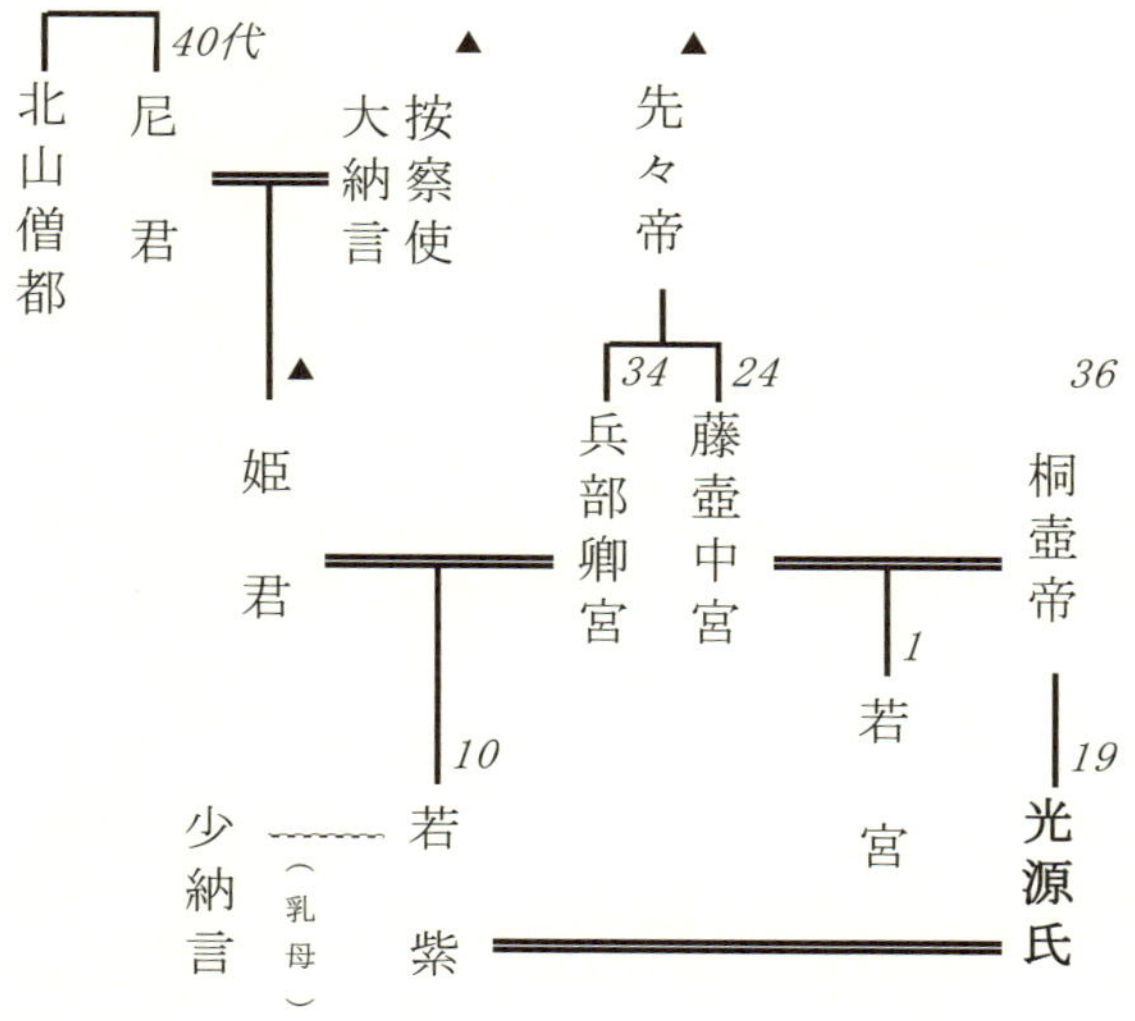

▲：故人

四月《うづき》に内裏へ
——皇子《みこ》はそなたにさも似たり——

卯月《うづき》に皇子《みこ》は　参内に
育ち早きに　ありにしや
寝返りすらも　されなさる
源氏《げんじ》君すこぶる　似たるやも
思いも寄らぬ　こと故に
(優れ同士の　顔付の
さもや似たるは　道理《ことわり》か)
とぞの思いで　帝《みかど》なは
大切《だいじ》育ての　限りなし

この上なしの　源氏《げんじ》君をば
世間認める　無きしやと
春宮せずに　なりにしを
今も無念と　思《おぼ》し召し
臣下し置くに　惜しかるの
姿形の　成長に
心苦しさ　覚ゆるに
(此度《こたび》の皇子《みこ》は　高貴腹
光り輝き　同じなも
傷無き玉)と　大切《だいじ》すも
藤壺宮の　心うち
何かにつけて　胸射しぬ

藤壺《ふじつぼ》宮住まう　飛香舎《ひぎょうしゃ》で
管弦遊び　なさる折
源氏《げんじ》君召されて　座し居るに
帝《みかど》　皇子《みこ》ば　抱き来られ

「皇子《みこ》多勢の　居る中で
斯程《かほど》小さき　時からも
明け暮れ見しは　そなたのみ
思うにこの子　そっくりぞ

小さき内は　誰も皆
似つるものかや　斯程まで」

可愛深げに　申される

顔色《かお》の変わるの　心地して
（もったいなくも　恐ろしや
嬉しかりしも　情けなや）
揺れる心の　いろいろに
涙こぼるの　源氏君

あやすに皇子《みこ》が　声上ぐを
可愛限りと　見つるとに
（この子に似たる　我れなれば
我が身大切《だいじ》と　生きなくば）
思う心の　身勝手さ

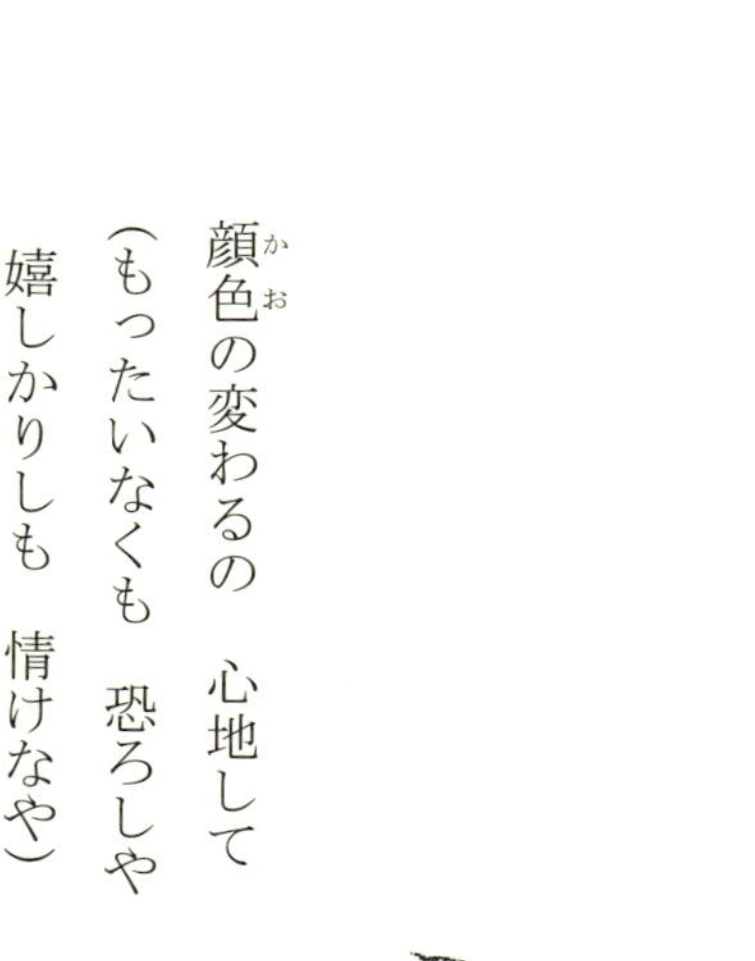

藤壺宮は　その場には
居た堪《たま》れなく　汗しとど
源氏《げんじ》君も心　乱れしか
早々内裏　退出《いで》ましぬ

邸《やしき》戻りて　一人臥し
我が子なるにや　思いつも
帝、藤壺　皇子三人《みたり》
夫婦親子の　姿見て
(この鬱屈《うっくつ》の　落ち着かば
訪ね見るかや　左大臣《おとど》邸へと)
思いつ外《そと》に　目をやれば

青味帯びたる　庭先に
咲く撫子《なでしこ》の　華やかさ
これを取らせて　王命婦《みょうぶ》へと
長の文をば　届けやる

撫子《なでしこ》を
皇子《みこ》となぞらえ
眺むるも
心和《なご》まず
いや増す涙

心を晴らす　縁《よすが》とぞ
思いしものを　然《さ》にあらず
思い任せぬ　世なりせば」

機会見つけし　王命婦
藤壺宮に　ご覧入れ
「ほんの一言　ご返事を
小さき花びら　程にても」

よそへつつ
見るに心は
慰まで
露けさまさる
なでしこの花

言うにさすがに　藤壺宮《ふじつぼ》も
心沈みし　時なりて
「袖濡らす
涙の原因《もとい》
この子かと
思うて見るの
疎《うと》ましきかな」

袖濡るる
露のゆかりと
思ふにも
なほ疎まれぬ
大和撫子

掠《かす》れ墨色　やっとなの
歌携えて　王命婦
喜び勇み　源氏君《げんじ》へと

（とてものことに　返事なぞ）
思いあきらめ　沈む折
来たる返事の　嬉しさよ
胸ときめきて　涙落つ

慰めには西の対《たい》に

―沈む心を慰むは―

続く思いの　懊悩《おうのう》に
やり場なきなの　慰みは
西の対《たい》なる　幼な姫

崩れ膨《ふく》れし　髪のまま
寛《くつろ》ぎたるの　袿《うちき》にて

気まま笛吹き　覗きなば
先の花なる　撫子《なでしこ》の
露濡れたるの　風情にて
もたれ座したる　可憐さよ

見るに愛嬌　溢《あふ》れるも
戻るも来《こ》ぬを　不満かや
いつなく拗《す》ねる　様子にて

離れ座りて　「こちらへ」と
言うも知らずの　ふりにてぞ
『入りぬる磯の』　口ずさみ
口元隠す　可愛げさ

【入りぬる磯の】

潮満てば
入りぬる磯の
草なれや
見らくすくなく
恋ふらくのおほき
―拾遺集―

〈潮来れば
隠れる磯の
海草《くさ》でなし
恋の募るに
逢う少なくて〉

「何と驚き　こんな歌
そなた口から　出ようとは
されど『海松布《みるめ》に　飽くなる』は
良くなきことと　知りよかし」

言いて人召し　琴持たせ
お弾きなされと　姫の元

「箏《そう》の琴なる　中細緒《ほそお》
切れ易きにて　手に余る」
言いつ調子を　平調《へいじょう》に
下げてポロンと　お弾きなる

調子合わせの　一節を
弾きて姫へと　押しやれば
拗ね捨て弾くの　見事さよ

【海松布に飽く】
伊勢の海人の
朝な夕なに
潜《かづ》くてふ
海松布《みるめ》に人を
飽くよしもがな
――古今集――

〈見ていたい
ずっとあなたを
見ていたい
一度見飽きて
みたいなあなた〉
〈飽くは良くない
さりとても
見続けられも
困りもの〉

小さき体の　手を伸ばし
弦《つる》押す手付き　愛らしく
目細め源氏君《げんじ》　見やりつつ
笛吹き鳴らし　お教えに

覚え早くて　難しい
調子《きょく》も一度で　弾きこなす
何をさせても　才長《た》けて
優れ気性の　姫君に
(我の願いも　叶うべし)
とぞお思いの　源氏君

保曽呂具世利《ほそろぐせり》の　曲なるは
名前可笑《おか》しき　ものなれど
源氏《げんじ》君風雅に　吹きたれば
合わす姫君　未熟なも
拍子外《はず》さず　弾きなせる

日暮れとなりて　灯ともして
絵などをご覧に　なりし折
「今宵《こよい》出掛け」と　言いてしを
供が気遣い　それとなく
「雨が降り来る　気配ぞな」

言うを聞きたる　姫君は
心細きや　寒ぎ込む

【保曽呂具世利《ほそろぐせり》】
・雅楽の高麗楽の一つの曲

絵も見ずなりて　うつ伏すを
いじらし思い　源氏君
こぼれる髪を　撫でさすり
「我れ出て行かば　寂しきや」
問うに姫君　こっくりと

「一日とても　逢えぬのは
我れも辛きの　ことなれど
そなた幼く　素直にて
我れに気苦労　掛けずなも

ひねくれ嫉妬　深き女《な》の
機嫌損ねを　煩《わずら》うに
斯《か》く出歩くの　仕方なし

そなた大人に　なりしかば
滅多外へは　行くものか
人の恨みを　避けるのも
この先ずっと　そなたとは
一緒居たいと　思うため」

そのまま膝に　寄り眠《ね》るを
源氏《げんじ》君可哀想　思いてか
「もはや今宵《こよい》は　出掛けぬぞ」
言うに女房ら　座を立ちて
御膳支度と　運び来る
源氏《げんじ》君は姫を　起こされて
「出掛けやめたぞ　さあ姫や」
聞きて目覚す　姫君は
起きるに機嫌　直りたる

共に食事を　始めるも
箸を動かす　間もなくて
「それじゃおやすみ　なさいませ」
出掛け危ぶむ　口ぶりに
斯《か》かる可愛を　見捨てては
例え黄泉路《よみじ》の　旅とても
出《い》でかね難く　思《おぼ》しなす

斯《か》くも姫君　引き止むを
漏れ聞きたるが　人伝に
左大臣邸《おとどやしき》と　伝わるに

「気に食わぬぞや　如何な女《ひと》」
「誰と分からぬ　女《ひと》なるに
まとわりつきて　離れずは
さして身分も　それなりか」

「内裏仕えの　女なを
ふとの弾みに　迷《まど》われて
仰々しくも　お迎えし
人目悪きと　隠しなす
分別なしの　幼稚《おさな》とか」
などと女房ら　喧《かまびす》し

斯《か》かる女の　居る噂
聞こし召されし　帝《みかど》なは

「気の毒なるは　左大臣《さのおとど》
心配嘆く　諾《うべ》なりし
そなた若輩《あおき》の　頃からに
世話に余念の　無き思い
分からぬ年齢《とし》で　なかりしに
なしてつれなき　ことするぞ」
言うを聞き入る　源氏君
恐縮《おそれ》余りて　返事《へん》なせず

（さては女君を　厭《いと》うかや）
帝《みかど》思うに　（哀れな）と

「さりとてそなた　好色《おもう》まま
内裏《ここ》の女房や　その外《ほか》の
あちらこちらの　女との
一通りでない　噂など
聞こえて来ぬが　さてどんな
物陰隠れ　斯《か》くなるの
恨み買いたる　次第ぞな」
責めるとなしの　帝《みかど》なり

かうやうの方

—典侍《ないしのすけ》に戯れて—

帝《みかど》お年を　召さるれど
お好色《すき》の心　長《た》けおわし
果ては采女《うねめ》や　女蔵人《にょくろうど》
容貌《かお》や気立ての　よき者を
とりわけ大切《だいじ》　なさるにて
斯《か》くなる女《ひと》の　宮仕え
多く侍るの　内裏内《うち》

【采女《うねめ》】
・後宮の女官
【女蔵人《にょくろうど》】
・宮中に奉仕した女官
・内侍・命婦の下で、
雑役に従事

源氏君《げんじ》気軽と　声掛くに
女房達《みな》が応じて　媚《こび》見すも
茶飯事《つね》と慣れたに　捨て置くに
「ほんにとんとの　その気なし」
思いて逆に　女房から
冗談《ざれごと》言うを　源氏君
傷つけなしに　あしらいて
まるで本気に　なされぬを
(き真面目すぎて　つまらなし)
とぞ思いたる　女房も

典侍《ないしのすけ》と　云う女
かなり老境　なりしやも
家柄高く　才気あり
高貴の出にて　敬《うやま》るも
好色心《すきもの》　並なきの
軽き女と　見られたり

（盛り過ぎたに　斯《か》くもこう
懲りもせずもの　男好き）
興味覚えし　源氏君
戯《たわむ》れごとと　気を引けば
釣合わなきに　応じたり

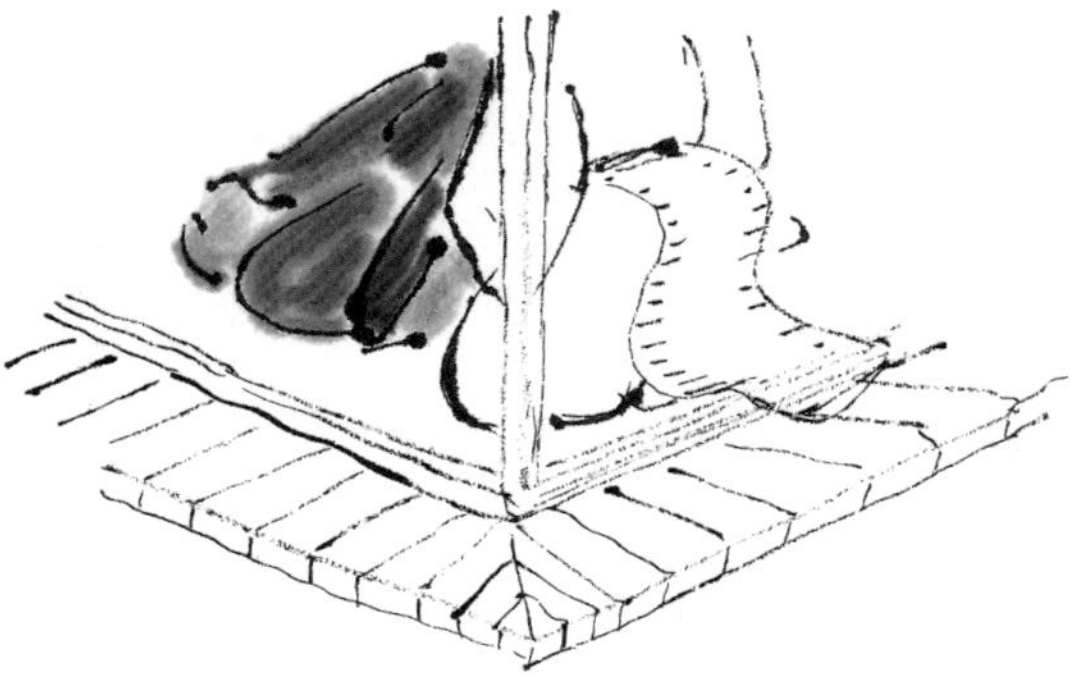

呆《あき》れたことと　思いつも
何故か興味の　唆《そそ》られて
時に言い寄り　したりしも
婆《ばば》を相手と　人知らば
体裁《ていさい》悪きやと　邪嫌すに
恨めし思う　典侍《ないしすけ》

帝お髪《ぐし》の　直しをば
典侍《ないしのすけ》が　終えたれば
帝袿《うちき》の　係召し
着替えなさると　部屋出たに
残るは源氏《げんじ》君　典侍《ないしすけ》

常と異なり　こざっぱり
姿や髪も　艶《つや》めいて
衣装着こなし　華やかで
色気漂う　様《さま》と見る
(これは過ぎたる　若作り)
少しく嫌気　源氏君

さても見過ごし　出来ずとて
如何《いか》な反応《おうじ》を　示すやと
裳の裾引きて　驚かすに
派手絵扇で　隠しての
見返る顔の　眼差《まなざ》しは
流し目なるも　その瞼《まぶた》
ひどく黒ずみ　落ち窪み
髪のほつれも　並でなし

(年に合わぬの　扇かや)
思いつ扇　取り替《か》うに
顔照る程の　濃き赤に
金泥《きんでい》塗りの　森の絵が
端《はし》に古風の　筆跡の
書きたる文字の　見事なに

『森の下草　老いぬれば』
とぞ認《したた》むの　流し書き
源氏君《げんじ》苦笑を　禁じ得ず
「これはまあまあ　酷《ひど》い歌
『森こそ夏の』　心かや」

【森の下草老いぬれば】
大荒木の
森の下草
老いぬれば
駒も赴《すさ》めず
刈る人もなし
――古今集――

【森こそ夏の】
ほととぎす
来鳴くを聞けば
大荒木の
森こそ夏の
宿りなるらめ
――信明集――

あれこれ言いつ　人見るの
不似合なるを　気に病むも
典侍《ないしのすけ》は　構まずと
「愛馬にて
君来なされば
刈り与う
盛り過ぎたる
下草なれど」
言うなる様の　艶《なまめ》きて

君し来ば
手なれの駒に
刈り飼はむ
盛り過ぎたる
下葉なりとも

「いついつも
駒の混み合う
木陰をば
訪《と》えば咎《とが》めに
会う思いにて
面倒なるは　ご免にて」
言うて立つのを　引き止めつ
「思いも寄らぬ　仕打かな
この年にして　この恥は」
とて泣く様の　大仰さ

笹分けば
人やとがめむ
いつとなく
駒馴付《なつ》くめる
森の木隠れ

「今に文をば　遣るからに
思いつつおる　証《あかし》とぞ」
袂《たもと》振り切り　出づるをば
必死すがりて　「この我れは
橋柱か」と　言うなるを

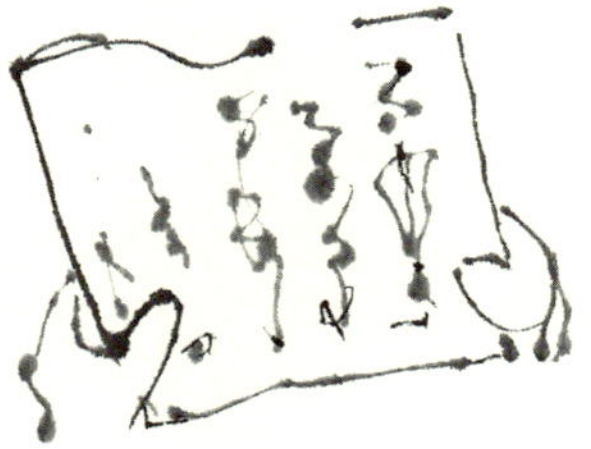

【橋柱】
限りなく
思ひながらの
橋柱
思ひながらに
仲や絶えなむ
――拾遺集――

着替え終えたる　帝なの
覗く襖の　隙間陰《すきま》
(何と似合わぬ　組み合わせ)
思わず可笑《おか》し　思われて

「その気なしとぞ　女房達《みな》言いて
悔し思うの　その中に
見過ごさなきの　女《ひと》居りき」
とて笑うのを　典侍《ないしすけ》
気恥ずかしくも　恋ならば
濡衣《ぬれごろも》さえ　着る譬《たと》え
さても言い訳　なさざりき

「思い掛け無《な》の　ことなりや」
宮中覆う　取り沙汰を
頭中将《とうのちゅうじょう》　聞きつけて
(源氏《げんじ》君相手の　大概は
知るに今度《こたび》は　意外ぞな)

思うに好奇　心湧き
典侍《ないしのすけ》に　通じたり

かのつれなき人の
―琵琶の音色に引かれなし―

頭中将《ちゅうじょう》なるも　一角《ひとかど》の
人なりしかど　典侍《ないしすけ》
(これを源氏《げんじ》君の　慰み)と
思いて真に　逢いたきは
源氏《げんじ》君一人に　あったとか
何とも酷《ひど》き　選り好み

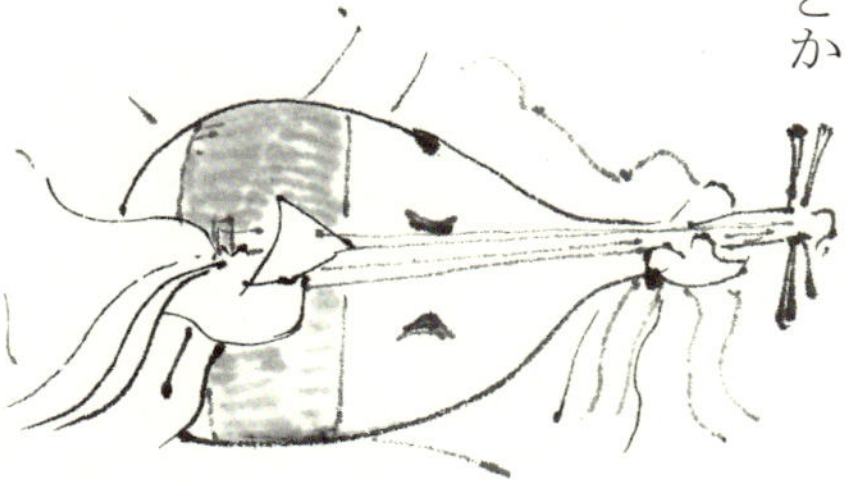

典侍《ないし》のひたと　隠すにて
源氏《げんじ》君毫《ごう》をも　知らざりき
典侍《ないし》源氏《げんじ》君を　見かけては
恨み言をば　投げ掛くに
年寄りたるに　哀れやと
慰むべきや　思えども
とてもその気に　なれぬまま
何時しか日数《ひかず》　過ぎにける

とある日降りし　夕立の
涼しの宵闇《やみ》に　紛れてや
温明殿《うんめいでん》に　歩運ぶに
典侍《ないし》弾くなる　琵琶の音

帝《みかど》御前の　楽奏《かなで》
男に交じり　弾く技量《わざ》の
他人《ひと》寄せつけぬ　名手にて
源氏《げんじ》君恨むの　心かや
哀《あわれ》調を帯びて　聞こえ来る

「爪作りに
なりやしなまし」　歌う声
あけすけなるが　聞き苦し

【温明殿《うんめいでん》】
・平安京内裏の殿舎の一つ

【爪作りになりやしなまし】
山城の
狛のわたりの瓜作り
な　なよや
らいしなや　さいしなや
瓜作り　瓜作り
はれ　瓜作り
我を欲しといふ
いかにせむ
な　なよや
らいしなや　さいしなや
いかにせむ　いかにせむ
はれ　いかにせむ
なりやしなまし
瓜たつまでに
や　らいしなや　さいしなや
瓜たつま　瓜たつまでに
―催馬楽－山城―

(白楽天が　聞きし云う
鄂州女《がくしゅう》　弾く琵琶も
斯《か》くなりきや)と　聞きおるに
やがて典侍《ないし》は　弾くを止め
思い乱れの　風情なり

【鄂州《がくしゅう》】
・中国、湖北省南東部の長江南岸にある市

源氏君《げんじ》『東屋《あずまや》』声低く
口ずさみつつ　近寄るに
「押し開け来ませ」　答えるは
とても思えず　並女《ひと》と

【東屋】
東屋の
真屋のあまりの
その
雨そそぎ
我立ち濡れぬ
殿戸開かせ
鎹《かすがい》も錠もあらばこそ
その殿戸　我鎖させ
おし開いて来ませ
我や人妻
―催馬楽 - 東屋―

「雨宿《やど》りにと
来る人も無き
東屋に
来るは酷《ひど》きの
雨しずくかな」

とて来る無きを　嘆くなを
(斯《か》くの恨みを　我れ一人
などて聞きやる　ことやある
あな煩《わずら》いの　しつこさよ)

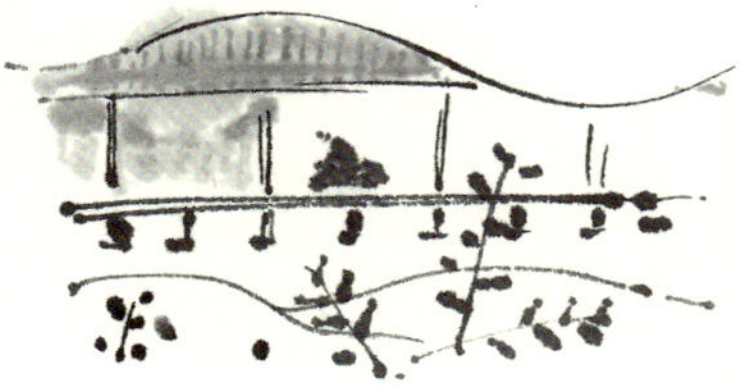

立ち濡るる
人しもあらじ
東屋に
うたてもかかる
雨そそきかな

「人妻は
　面倒《めんど》の種よ
　　やすやすと
　寄らじと思う
　　その軒先に」

言いて立ち去り　思いしも
それも無愛想　思われて
女に合わせ　軽きなの
冗談めかし　交わす内
これも一興　思いたり

人妻は
　あなわづらはし
　　東屋の
　真屋のあまりも
　　馴れじとぞ思ふ

いたうまめだち
―見つけたりしと頭中将《とうちゅうじょ》―

頭中将《とうのちゅうじょう》　源氏君《げんじ》から
真面目顔にて　我が女遊《あそび》
非難されるを　癪《しゃく》思い

言いつる人が　平然と
忍び遊びの　多きをば
(現場押さえて)　思いしに

これ見つけたに　小躍《こおど》りし
源氏君《げんじ》の油断　見すまして
(今こそ少し　脅かして
困り果てさせ　懲りたやと
言わせよう)　とて　隠れおる

冷やか風が　吹き来たり
夜も次第と　更《ふ》け行くに
微睡《まどろ》む様子　見届くや
頭中将《ちゅうじょう》そっと　入り行く

気許し眠《ね》るの　気《き》分もなしの
源氏君《げんじ》気配を　聞きつけて
頭中将《ちゅうじょう》なると　思わずも
(さては典侍《ないし》の　思い人
修理大夫《すりのたいふ》に　ありしやな)

斯《か》くも老いたる　女相手《ひと》
不似合なるの　行いを
見つけられるも　恥しや

【修理大夫《すりたいふ》】
・修理職の長官

【修理職】
・宮中などの修理営繕をつかさどった宮司

「面倒なるに　帰るぞよ
蜘蛛の様子で　知りたるを
憎きや我れを　騙《だま》せしか」

言いつ直衣《のうし》を　取り上げて
屏風陰へと　隠れ入る
頭中将可笑《ちゅうじょうおか》しさ　堪《こら》えつつ
屏風側《そば》へと　近づきて
やわら畳むの　バタバタと
大袈裟音を　立てたれば

【蜘蛛のふるまひ】
わが背子が
来べき宵なり
ささがにの
蜘蛛の振る舞ひ
かねてしるしも
―古今集―

今は老いたる　典侍《ないし》なが
気取り艶《つや》きの　その昔
斯《か》くもハラハラ　慣れたれば
心穏やで　なきものの
(如何《いか》にしやるや　この源氏君《きみ》を)
気遣いつつも　震えおる
(誰と知られず　逃げたき)　と
思えど姿　しどけなく
冠《かぶり》ゆがめて　走りたる
後姿の　醜態《みにくき》を
思うに心　躊躇《ためら》いぬ

知れてなるかと　頭中将《ちゅうじょう》は
ものも言わずに　怒れるの
様子顕《あらわ》と　太刀抜くに

「あなたあなた」と　典侍《ないしすけ》
手合せたるに　頭中将《ちゅうじょう》は
思わず笑い　掛くべくに

色好きたるの　若づくり
上辺《うわべ》なんとか　見られるも
五十七、八　この老女
我れを忘れて　騒ぐ様《さま》
二十歳《はたち》貴公子　中にして
恐がりたるの　白けさよ

ことさら事を　構えなし
怒る様子を　見せたれど
源氏《げんじ》君さてはと　気付きてぞ
（我れと知りての　仕業《しわざ》か）と
馬鹿馬鹿しきの　気となれり

頭中将《ちゅうじょう》なりと　見定むに
無性癪《しゃく》なが　込み上げて
太刀持つ腕《かいな》　引き掴み
抓《つね》あげたるに　頭中将《ちゅうじょう》は
し損じたるの　悔しきも
堪え切れずと　笑い出す

「冗談《たわむれ》なきぞ　本気かや
　早く直衣《のうし》を　着なくては」
言うも頭中将《ちゅうじょう》　それ捕え
放さずおるに　源氏君

「ならばそなたも」　言いつつぞ
頭中将《ちゅうじょう》帯を　引き抜きて
脱がそとするを　抗《あらが》うの
互い引き合う　その内に
縫目ビリリと　破れたり

「隠しおる
　浮名出るぞな
　　引き合いて
斯《か》くも衣の
　ほころびたれば
着たれば浮気　知れるにて」

つつむめる
　名や漏り出でむ
　　引きかはし
かくほころぶる
　中の衣に

頭中将《ちゅうじょう》言うに　源氏君

「透けて見る
薄き衣《きぬ》なる
夏衣
着るは薄きの
心とぞ見ゆ」

などと歌をば　詠み交わし
哀れ互いに　しどけなの
姿なるにて　帰り行く

隠れなき
ものと知る知る
夏衣
着たるを薄き
心とぞ見る

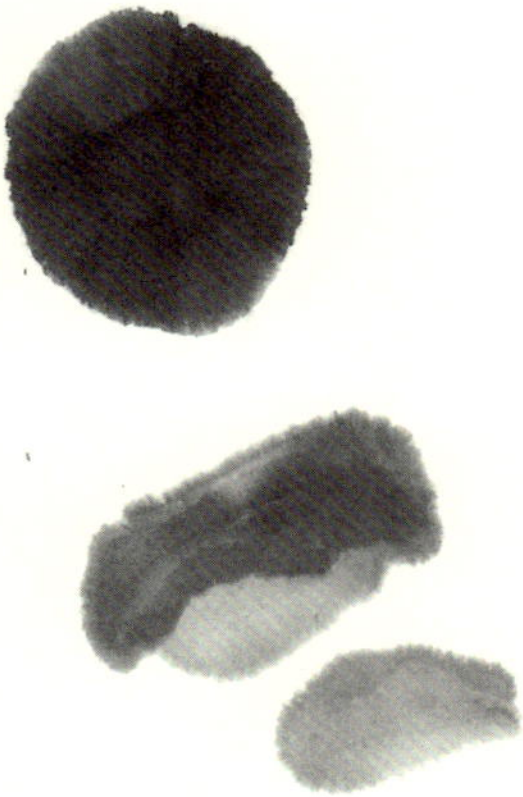

いと口惜しく

―互い口止めあの老女―

（見つけられしは　口惜《お》しや）
思いつ臥すの　宿直所《とのいどこ》
呆《あき》れたことと　思いつも
典侍《ないしのすけ》は　その朝に
落ちたる帯や　指貫《さしぬき》を
届け寄越して　来たるなり

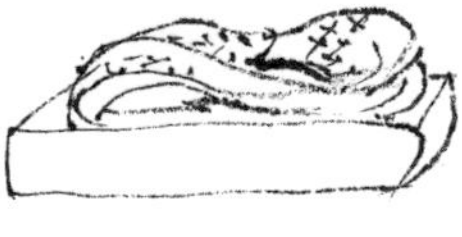

「恨みても
　甲斐なきことぞ
　　二人して
　来たりて帰る
　　詮《せん》なき思い
心底《そこ》も顕《あらわ》に　嘆きおる」

うらみても
　言ふかいぞなき
　　たちかさね
　引きてかへりし
　　波のなごりに

（まだ追い来るか　厚かまし）
見るも嫌だと　思いつも
気揉みしなるを　気の毒と

「突然と
　出で来《く》男は
　然《さ》もなくも
　招きし女《ひと》ぞ
　恨めしきかな」
とのみ書きてぞ　返したり

届きし帯の　色濃きに
これ頭中将《ちゅうじょう》の　物なりや
気付くに我れの　直衣《のうし》なの
袖端千切れ　失《う》せにけり

荒らだちし
波に心は
騒がねど
寄せけむ磯を
いかが恨みぬ

（何と無様《ぶざま》の　態《てい》なるや
　恋の呆《ほう》けの　間抜けかな）
我れと思わず　恥ず源氏《げんじ》君
そこに頭中将《ちゅうじょう》　宿直所《とのい》から

「これ繕《つくろ》うが　先づにてぞ」
とて袖端の　送り来《く》に

（何故にあやつが　これなるを）
思い悔しの　源氏君
（さらばこちらも　この帯で）
同じの色の　紙包み

「二人仲
絶えなば帯を
取られしの
所為《せい》とされるに
触れずと返す」

とて返し歌　送らるに

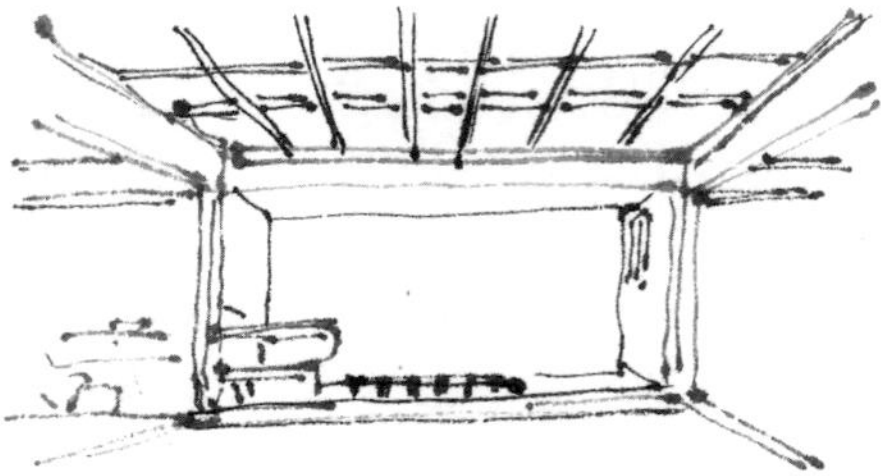

なか絶えば
かことや負ふと
危うさに
はなだの帯を
取りてだに見ず

【はなだの帯】
石川の　高麗人に
帯を取られて
からき悔する
いかなる　いかなる帯ぞ
縹《はなだ》の帯の
中はた絶《い》れたるか
かやるか　あやるか
中は絶《い》れたるか
―催馬楽―石川―

【縹《はなだ》の帯】
・縹《はなだ》色（浅葱と藍との中間
位の色）の帯

「あなたにと
取られしまいし
帯故に（典侍）
中絶えたりと
恨みておれり
逃《のが》れられぬぞ　源氏君《きみ》が責」

とぞ折り返し　戻したり

君にかく
ひき取られぬる
帯なれば
かくて絶えぬる
仲とかこたむ

日高に二人　殿上《てんじょう》間に
源氏《げんじ》君落ち着き　そ知ら顔
見たる頭中将《ちゅうじょう》　可笑《おか》しくも
公事《おおやけごと》の　奏上や
宣下《せんげ》下すの　多ければ
役目と威儀を　正す様《さま》
互い苦笑を　禁じ得ず

人の途切れに　頭中将《ちゅうじょう》が
「どうだ懲りたや　隠し事」
憎らし気《げ》にて　言い来るを
「いいえ然《さ》程も　それよりか
来るにそのまま　何もせず
帰りたるこそ　お気の毒
ほんに世の中　随意《まま》ならず」
言いつ二人は　口揃え
「鳥籠《とこ》の山なる」　歌いたり

【鳥籠の山なる】
犬上の
鳥籠の山なる
名取川
いさと答えよ
わが名漏らすな
──古今集──

さてその後も　頭中将《ちゅうじょう》が
ことある毎に　この件を
からかい事の　種とすに
つくづくこれも　厄介《やっかい》な
あの老女《としより》の　所為《せい》なりと
思い知らさる　破目となる

典侍《ないし》は相も　変わらずと
色気振りまき　恨むなを
源氏君《げんじ》困りて　逃げ回る

頭中将《とうのちゅうじょう》　妹に
ことは告げずと　（何時かまた
脅しと使お）　思いたり

高貴母持つ　親王も
帝《みかど》源氏君《げんじ》の　扱いの
格別なるを　遠慮すに
この頭中将《ちゅうじょう》は　（負けるか）と
取る足らなきの　ものでさえ
対抗《きそい》の意識　燃やしなる

左大臣《ひだりおとど》の　子《こ》息の中で
内親王の　子なりしは
妹君と　頭中将《ちゅうじょう》ぞ

(源氏《げんじ》君と我れの　違いしは
父が帝《みかど》に　あるのみで
我が父なるは　大臣《おとど》なが
帝の信任《おぼえ》の　厚きにと
内親王を　母と持ち
この上なくの　大切《だいじ》子ぞ
何の劣るの　あるべきや)

頭中将《ちゅうじょ》思うも　理《ことわり》か

人格《ひとがら》とても　並はずれ
全てにおいて　好ましく
不足なき身の　お二人の
異常競いの　面白さ
されど煩瑣《はんさ》の　ことなれば・・・

后《きさき》ゐたまふめりし

—藤壺宮が后にと—

やがて七月《ふづき》を　迎えては
藤壺宮は　中宮に
源氏《げんじ》君参議と　なられけり

藤壺宮《ふじつぼ》中宮　なられしは
帝《てい》はその内　譲位をと
思う心の　胸内に
この若宮を　次春宮《とうぐう》と
思うも無きは　後見役《うしろだて》

母方お子も　皆親王《みこ》で
政治関与も　適《かな》わねば
せめて母君　確固たる
地位に着かせて　若宮の
力添えにと　思われて

弘徽殿女御《こきでんにょうご》　心うち
穏や無きなは　諾《うべ》なるも
「現春宮《とうぐう》直ぐと　帝《みかど》にて
ならばそなたは　皇太后
地位の揺らぎの　あらばこそ」
言いて帝は　宥《なだ》めなす

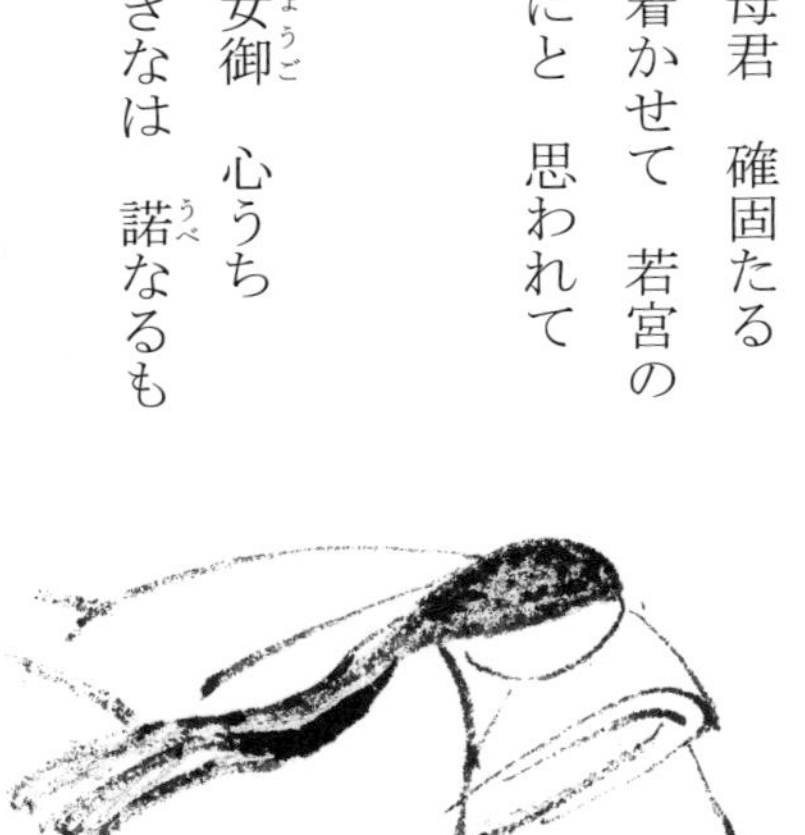

「現に春宮　母として
二十余年の　この女御《にょご》を
差し置き新た　中宮を
上に立つなの　あるべきや」
世間噂も　騒《ざわ》めきぬ

中宮なりた　藤壺《ふじつぼ》宮が
初の参内　なさるとに
供に源氏君《げんじ》も　加われり

先帝后《きさき》　皇女《ひめみこ》で
玉と輝く　美貌にて
帝の寵愛《おぼえ》も　極まるに
格別思い　供の皆

ましてや源氏君《げんじ》　辛き胸
御輿《みこし》内なる　女人《ひと》思い
（ますます我れの　届かなき
所行くか）と　思うにし
心漂《ただよ》い　気も晴れず

「尽きもせぬ
　心の闇に
　　沈むかな
　遥かなる女人《ひと》
　見るにつけても」
とぞ繰返し　呟《つぶや》くは
哀れなるかの　極なり

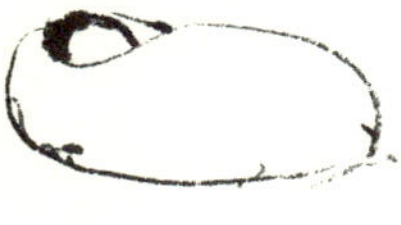

尽きもせぬ
心の闇に
暮るるかな
雲居に人を
見るにつけても

成長《そだつ》につれて　若宮は
源氏君《げんじ》と見分け　着かなくに
心苦しの　藤壺宮《みや》なれど
それと気付くの　人もなし

如何《いか》なる神の　技とても
源氏君《げんじ》劣らぬ　容貌《びぼう》なが
この世出で来《く》の　はずぞなき
二人あまりに　似たる以《も》て
日月《にちげつ》並び　輝くと
世人《よひと》皆々　思いたり

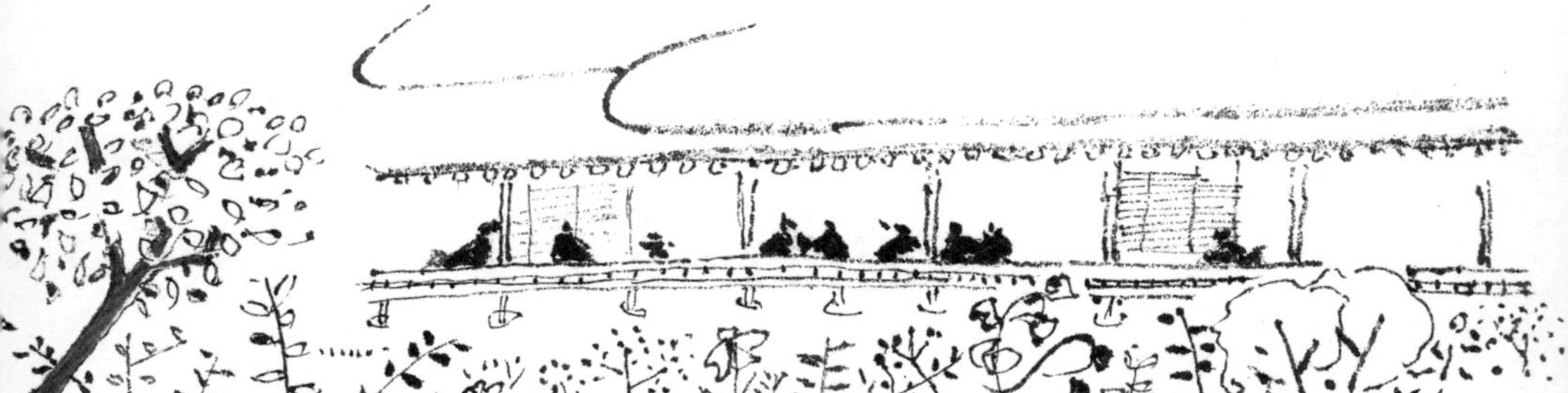

花宴
はなのえん

南殿《なでん》の桜の

—源氏《げんじ》君詩文の見事さよ—

月は如月《きさらぎ》　二十日過ぎ
南殿《なでん》の桜　愛《め》でんとの
催す宴《うたげ》　花の宴
左右に藤壺《ふじつぼ》中宮　東宮の
控える首座に　帝《みかど》御座《ま》す
弘徽殿女御《こきでんにょうご》　中宮の
上座占めるの　扱いを
事ある毎に　疎《うと》むやも
宴《うたげ》となると　気も漫《そぞ》ろ
参上なさり　宴席

【南殿《なでん》】
・平安京内裏の正殿
・紫宸殿の別称

日もよく晴れて　空の様《さま》
鳥の囀《さえず》り　心地良く
親王上達部《みこかんだちめ》　その他の
詩文堪能　人皆が
韻字《いんじ》賜り　漢詩《し》を作る
「頂きたるは　『春』にてぞ」
言うの源氏《げんじ》君の　声なるは
いつもながらに　晴れやかと
次呼ばれしの　頭中将《ちゅうじょう》も
源氏《げんじ》君互するの　緊張を
隠しながらも　落ち着きて
声朗々と　立派にと

【韻字】
・漢詩文で、韻をふむために句末に置く字

後に続くの　人々は
臆されたかに　おどおどぞ

地下《じげ》の文人《ぶんじん》　なおさらと
帝、東宮　長《た》けし学才《さい》
更に堪能　揃いしに
気後《きおく》れなして　晴れやかな
庭出る足も　ままならず
詩文作るの　易きやに
場にぞ圧《お》されて　苦し見ゆ

老いたる　文章博士《もんじょはかせ》なは
場慣れたるやも　粗末衣《そまつい》の
窶《やつ》れ着つるは　哀れ見ゆ

様々なるの　人見るを
帝《みかど》一興《きょう》かと　思《おぼ》し召す

舞楽の用意　万端と
整えらるは　言う待たず

夕日傾く　頃合いに
舞われし楽の　春鶯囀《しゅんのうでん》
見事を見たる　東宮は
紅葉賀《もみじのが》なる　源氏《げんじ》君舞
お思い出され　挿頭花《かざし》
差し出し是非と　所望《しょもう》すに

断りかねて　源氏君
立つやゆるりと　袖返し
形ばかりの　一差しを
舞うの類《るい》無き　見事さよ

左大臣《ひだりおとど》は　日頃なる
恨み忘れて　涙せり

【春鶯囀《しゅんのうでん》】
・雅楽の唐調、壱越調の大曲
・甲《かぶと》をかぶり六人または四人で舞う
【壱越調《いちこっちょう》】
・雅楽の六調子の一つ
・十二律のうち壱越（＝「ニ」の音）を主音とした音階

「頭中将何処《ちゅうじょういずこ》　続けや」の
帝《みかど》お声に　促され
頭中将《ちゅうじょう》舞うの　柳花苑《りゅうかえん》
少しく長く　舞う様は
予《かね》て用意か　見事にて
褒美と御衣《おんぞ》　賜れり

【柳花苑《りゅうかえん》】
・雅楽の唐楽、双調の曲

花の宴に　舞にとて
斯《か》くの賜り　珍《めずら》なり

舞が続きて　上達部
乱れ舞い為《す》に　宵となり
巧拙《こうせつ》何れ　見分かずと

詩文披露の　時来たり
源氏《げんじ》君作りし　番なるも
句毎《ごと》上がるの　称賛に
講師《こうじ》一気の　読みならず
文章博士《はかせ》ら皆も　感服す

【講師《こうじ》】
・漢詩披講の席で詩歌を朗詠して披露する人

斯《か》くなる場面　何《いず》れでも
源氏君《げんじ》いっとう　輝くを
帝《みかど》頼もし　思いたり

藤壺中宮《ちゅうぐう》源氏《げんじ》君　見る毎に
(弘徽殿女御《こきでんにょうご》　斯《か》くまでも
源氏《げんじ》君憎むの　怪訝《けげん》なに
引き換え我れは　何故にまた
心惹かれの　情けなや)
思い心を　責めなさる

皆も見る
心穏《おだ》やの
花姿
疾《やま》しさ無くば
さぞ床しきに

この歌　心密かにと
詠まれた漏るの　不思議さよ

おほかたに
花の姿を
見ましかば
露も心の
おかれましやは

夜いたう更けて
―ほろ酔い源氏《げんじ》君忍びしは―

夜更けとなりて　宴果てぬ
それぞれ退出《いで》し　上達部《かんだちめ》
藤壺《きさき》中宮東宮　引き取られ
辺り静まり　ひっそりと

明る月射す　風情《おもむき》に
ほろ酔い源氏《げんじ》君　去り難く
（役人たちも　休みたに
思い掛けなの　こんな時
逢える機会の　あるやも）と
やるせな心　抱きつつ
藤壺辺り　忍歩《ある》くやも

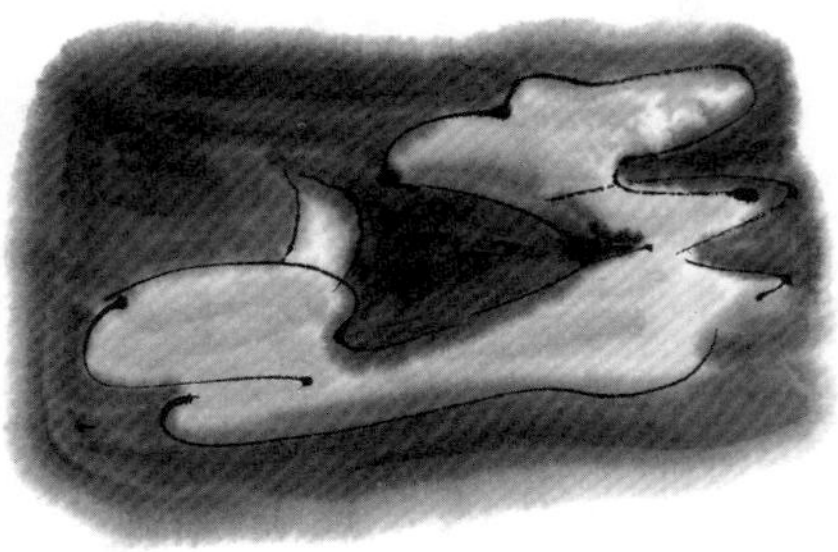

手引き女房の　戸口さえ
開《ひら》かず閉ずを　嘆息《なげき》つつ
（物足らなくの　仕儀なる）と
運びし足の　着きたるは
弘徽殿《こきでん》細殿　前辺り
見るに開くの　三の口

弘徽殿女御　宴果てに
帝《みかど》と共に　行かれたに
人も少なの　様子にて
奥の枢戸《くるるど》　開きおり
人の気配も　無かりけり

【三の口】
・三番目の戸口

【枢戸《くるるど》】
・くるる（＝扉の端の上下にある突出部）によって開閉する戸

(斯《か》くも用心　為《な》さぬなが
男女不都合　生むもとぞ)
思いて源氏君《げんじ》　覗くとに

皆寝着きたる　静けさに
何や若きの　美たる声
並女《なみ》の声とも　聞こえぬが
「朧月夜に　似るものぞ
なき」口ずさみ　近付きぬ

やれ嬉しやと　源氏君
さっと袖をば　捕えしに
女驚き　様子にて
「まあ嫌誰《いや》ぞ　袖取るは」
言うに源氏君《げんじ》は　落ち着きて
「いえ驚くに　当たらずや」

【朧月夜に】
照りもせず
曇りもはてぬ
春の夜の
朧月夜に
しくものぞなき
―新古今集―

感じ入る
朧月夜に
出会うなは
朧ならずの
前世契《まえちぎ》りかや

とて細殿に　抱きおろし
戸をば素早と　閉ざしたり
呆れ驚く　女なの
様子可憐で　美しい

深き夜の
あはれを知るも
入る月の
おぼろけならぬ
契りとぞ思ふ

「此処に人が」と女なが
震えて言うを　源氏君
「我れは皆人　誰にても
許さる身にて　ありしかば
人呼びたとて　詮《せん》なきぞ
静かにしや」と　言う声に
源氏《げんじ》君なりやと　気付き為《な》し
女少しく　安堵しつ

困り覚ゆも　冷淡《つめた》なる
強情《きづよ》き女　思わるも
避けたきものと　思いたり

深酔い為《し》つや　源氏君
女離すも　惜しきやと
初々《うぶうぶ》しきの　なよやかが
強く拒むの　知らなくを
やれ可愛やと　愛《いと》しむに
やがて夜明けの　近づきて
急《せ》かれ心の　源氏君

まして女は　尚更に
心乱れの　様子なり

「さあお名前を　然《さ》もなくば
逢える伝手《つて》さえ　無きものを
これきり終わり　お思いか」
源氏《げんじ》君たまらず　問い掛くに

「もし我が身
儚《はかな》なりては
訪ねると
言えど黄泉《よみ》まで
来るはずも無き」
答える様の　艶っぽさ

うき身世に
やがて消えなば
尋ねても
草の原をば
問はじとや思ふ

聞きて気付くの　源氏君
「終わり言いたを　然《さ》取りしか
言いたきことは　然にあらず」

「何れかと
尋ね探すの
手間取れば
噂が立ちて
仲裂く破目も
迷惑こころ　もし無くば
何を隠すや　さあ名をば
もしやこの我れ　構《かも》うたか」
とぞ言い掛くの　終わらぬに
女房起き出し　ざわめけり

いづれぞと
露のやどりを
わかむまに
小篠が原に
風もこそ吹け

弘徽殿女御《こきでんにょうご》　戻り来《く》の
気配や迎え　あたふたに
為す術なきの　源氏君
とっさ扇を　取り替えて
逢うの証拠《あかし》と　出《い》でませり

源氏君《げんじ》宿直所《とのい》の　桐壺に
仕え女房の　多く居て
中に目覚めの　女房なは
(何と忍歩《しのび》の　ご熱心)
とぞ寝たふりに　つつき合う

戻りし源氏《げんじ》君　そのままと
臥すもまんじり　眠られず
(愛らし覚ゆ　女《ひと》なりき
弘徽殿《こきでん》女御なるの　妹《いもと》なや
初心《うぶ》なりしかば　五の君か
もしくは下の　六の君

帥宮《そちのみや》なの　北の方(三の宮)
頭中将《ちゅうじょう》疎《うと》う　四の君は
美形なりしと　聞きおるが
もしそれなれば　愉快やに

【帥宮《そちのみや》】
・太宰帥である皇族

六の君なは　東宮の
後宮ににと　聞こゆなも
然《さ》すれば東宮　気の毒ぞ
嘗《かつ》ての葵《あおい》上　そして今
右大臣《みぎのおとど》の　姫なれば
事も面倒　ましてをや
探すに多く　紛らわし

これっ限りの　逢瀬だと
見せる様子の　然《さ》もなきに
などて教えず　逢う手立て）
などと思いの　めぐらすは
さては未練か　源氏君

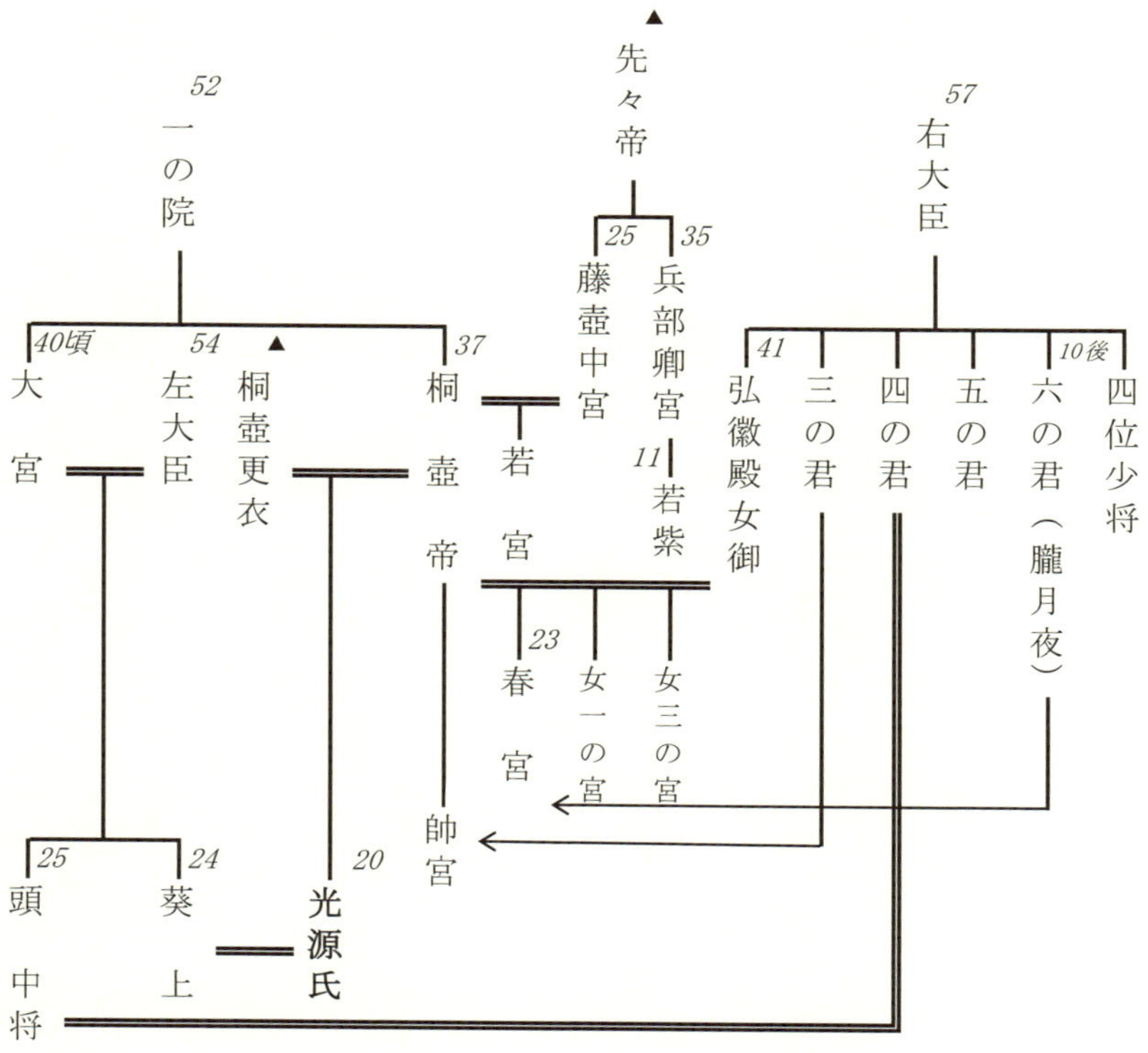

前：前半
後：後半
▲：故人

斯《か》かる破目にと　なりつつも
（ああ藤壺の　飛香舎《ひぎょうしゃ》は
なんと付け込む　なかりしや
主人《あるじ》違えば　斯《か》くももう）
せずもの比較《くらべ》　源氏君

【内裏殿舎配置図】

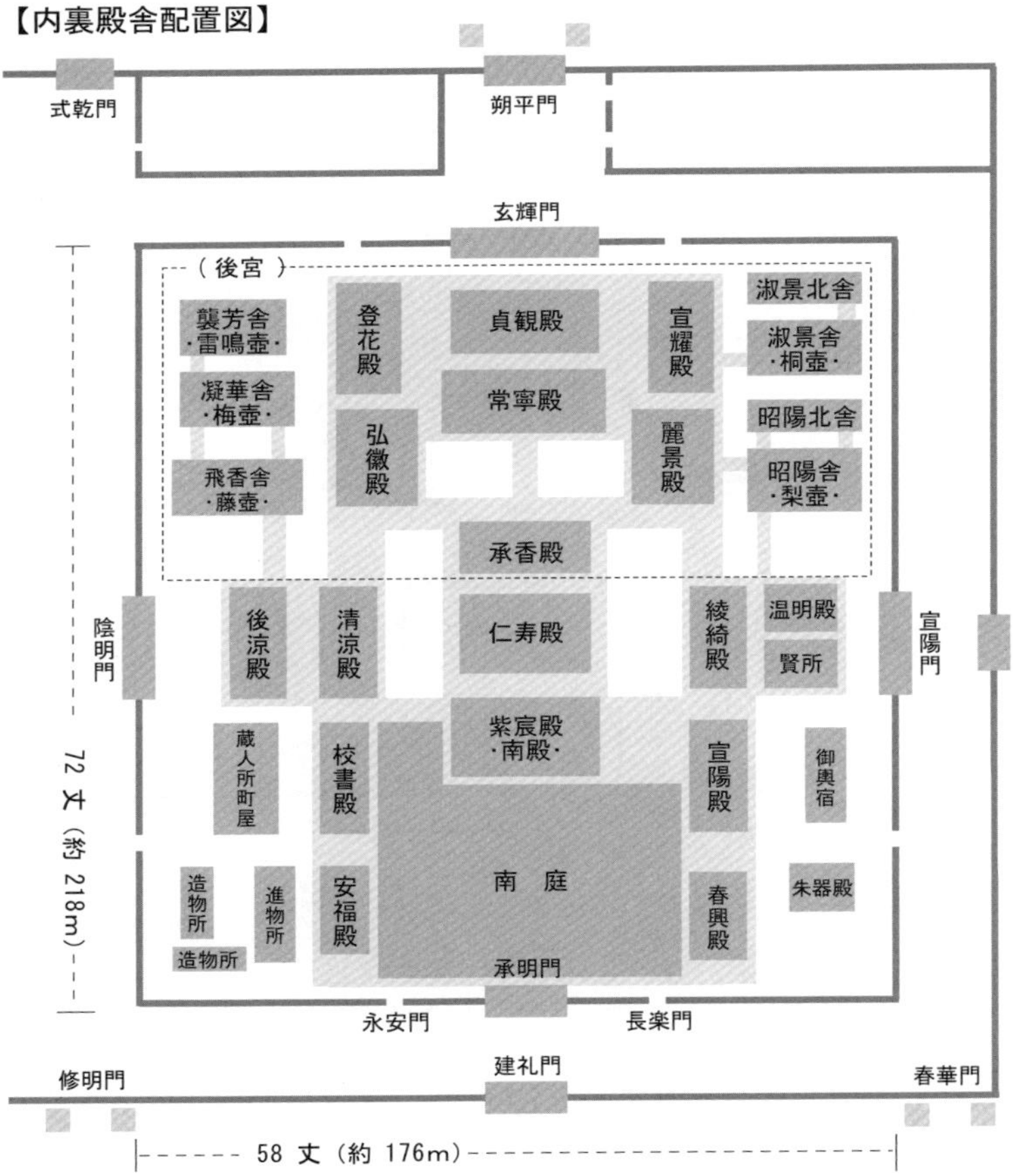

その日は後宴《ごえん》のこと

―昨夜の姫は誰なるや―

後宴《ごえん》のありし　明くる日は
慌《あわ》ただしくも　紛《まぎ》れ過ぐ
箏《そう》の琴なが　奏されて
固《かた》苦き昨日の　宴より
優雅なるにて　長閑《のどか》なり

夜明け近くと　続く宴
やがて藤壺中宮《ちゅうぐう》　帝の許

【後宴《ごえん》】
・大きな宴会の後に催す
小宴会

予《かね》て計りて　源氏君
あの有明の　月の女《ひと》
退出《いで》ん頃やと　気も揉めて
手抜かりなきの　良清《よしきよ》や
惟光《これみつ》見張り　付け置きつ

源氏君御前《ごぜん》を　退出《いで》来るに
「北の門から　今しがた
隠れ止めたる　牛車《ぎっしゃ》なが
幾台たるか　退出《いで》ましぬ
女御・更衣の　実家《さと》人に
混《ま》じりて急ぎ　見送るは
四位少将《しいしょうしょう》や　右中弁
これぞ弘徽殿　退出の
様子からして　相当な
お方なりしと　見侍りぬ
牛車《くるま》は都合　三台で」
聞くや源氏君《げんじ》は　すわこそと
胸の潰《つぶ》れる　心地なり

(どの姫知るの　術無きか
右大臣《みぎのおとど》の　聞きつけて
大袈裟《おおげさ》婿の　扱いも
さても如何なる　ものなるや
相手気性の　知れぬまま
そうなることも　煩わし
されどこのまま　分らずも
口惜《くちお》しかるに　如何せん)
あれやこれやを　臥しつつも
思い回らす　源氏君

初心《うぶ》なりしやと　思い出《ず》に
ふとに思うは　二条姫
（さぞや退屈　しおるやな
逢わず日長の　続くにて
塞ぎ込みては　居はせぬか）
思うに浮かぶ　いじらしさ

手元残りし　扇なは
桜色した　三重襲《みえがさね》
色濃き地《ぢ》には　霞み月
水に写りし　ありふれも
使いこなしの　床しさに
持ち主人柄《ひと》が　偲ばれる

【三重襲《みえがさね》】
・檜扇の板数の５枚ないし８枚を一組として一重といい、これを三組重ねた広がりを持った扇

「草の原をば」　言いたるの
姿心に　浮かび来て
有明けの
月見失い
我れ嘗《かつ》て
為すことなしの
このわびしさよ
とぞ書き付くの　扇面《おも》

世に知らぬ
心地こそすれ
有明の
尽きのゆくへを
空にまがへて

大殿にも久しう

―左大臣《ひだりおとど》邸で宴の許し―

長く無沙汰の　左大臣《さのおとど》家
されど気懸り　二条姫
機嫌取らねば　思いなし
源氏君二条《にじょう》院へ　赴《おもむ》けり

見る度毎に　姫君は
増すの成長　美しさ
可愛らしくの　利発さの
比べもなしに　際立つは

不足なき様《よう》　我が意にと
教え育つに　適《かな》いたり

男教えに　ありしかば
男馴れ過ぎ　気懸りも

ここ数日の　あれこれを
話し琴など　教えなす
夜の来たりて　出《い》で行くを
(またも悔し)と　思いつも
今は少しく　慣れたるや
むやみ後追い　なされずに

左大臣家《ひだりおとど》の　姫君は
いつもながらに　出で来ぬに
所在無《な》源氏《げんじ》君　思案暮れ
筝《そう》　弄《まさぐ》りて「柔らかに
寝る夜はなくて」　詠い居る

そこに来合わす　左大臣《さのおとど》
趣深き　先日の
花の宴を　話題にと

【柔らかに寝る夜はなくて】

貫河《ぬなかは》の瀬々の　やはら手枕
やはらかに　寝る夜はなくて
親離くる夫
親離くる夫は　まして麗《うるは》し
しかさらば
矢矧《やはぎ》の市に　沓買ひにかむ
沓買はば
線鞋《せんがい》の　細底を買へ
さし履きて　表裳とり着て
宮路かよはむ

―催馬楽 - 貫河―

「我れこの年齢《とし》に　なるまでに
聡明帝《みかど》　四代に
仕えしものの　此度《こたび》ほど
素晴らの詩文　出来栄えや
舞や管弦　楽の音の
整いたりて　この命
延びる思いは　為《な》さざりし

斯《か》くも盛大　なりしかは
優人《すぐれ》多くの　道々に
造詣《つうじ》深きの　源氏君《きみ》なるが
差配なされし　故にてぞ
この老人《としより》も　感じ入り
舞いだしたきの　心地せり」
とぞ言われるに　源氏君

「いえ何我れが　差配など
お役目なれば　その道の
優人《すぐれ》捜しを　あちこちと

それより頭中将《ちゅうじょう》　舞いたるの
柳花苑《りゅうかえん》これ　後世の
手本なるかと　見侍りし

加え左大臣《おとど》が　舞たれば
この世誉《ほまれ》と　なりにしを」

そこに来合わす　左中弁
頭中将《とうのちゅうじょう》　息子らは
高欄縁《ふち》に　寄りかかり
楽器音色を　整えて
奏し合わすも　見事なり

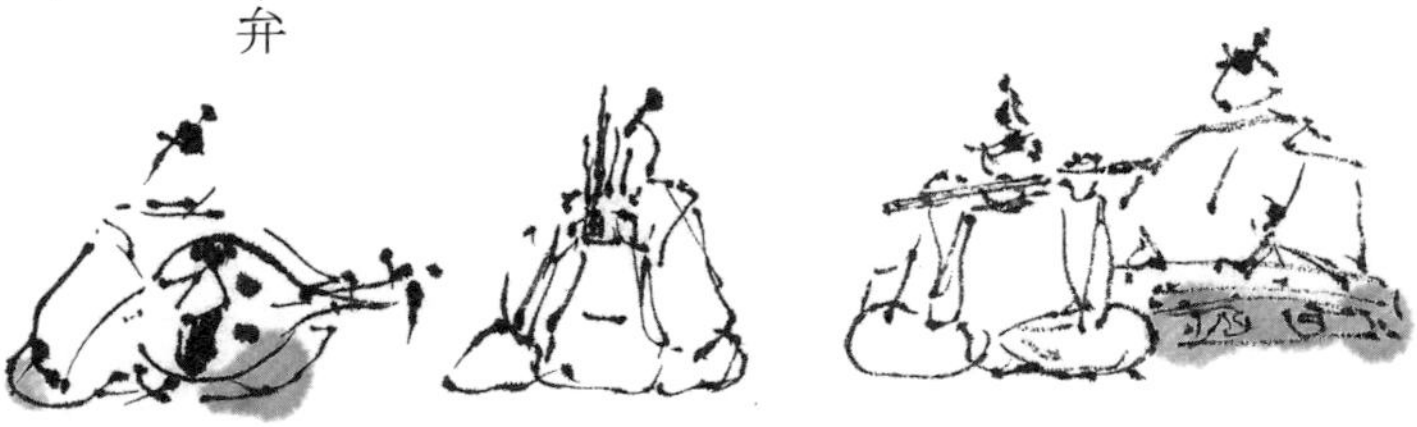

かの有明の君は

―藤の宴《うたげ》に出会いしは―

朧月夜の　斯《か》の姫は
儚《はかな》き夢の　逢瀬をば
思い出すたび　やるせなく
ぼんやり過す　明け暮れに

卯月《うづき》来たれば　東宮に
入内《じゅだい》と決まり　尚更に
思い悩みの　日々なりき

姫を探すに　源氏君
当て無きにしも　あらねども
何女《なんじょ》知れずに　ましてをや
(我れを好まぬ　相手先
拘《かか》ずらあうも　煩わし)
などとぞ思い　あぐねおる

弥生《やよい》三月　二十日過ぎ
右大臣《みぎのおとど》家で　弓競い
上達部《かんだちめ》やら　親王《みこ》たちを
大勢招き　続きてぞ
藤の宴など　催さる

桜の盛り　過ぎたれど
『ほかの散りなん』　学びてか
遅咲《おく》れ二本《ふたもと》　見事なり

弘徽殿《こきでん》産みし　内親王《ないしんの》
裳着《もぎ》の為にと　新造の
磨き抜かれし　御殿なは
華美を好みし　右大臣《みぎおとど》家
さすが華やか　今風ぞ

【ほかの散りなむ】
見る人も
なき山里の
桜花
ほかの散りなむ
のちぞ咲かまし
——古今集——

前以《も》て内裏　会いし折
源氏君《げんじ》を招待《まねき》　なされしも
未《いま》だ来ずなを　（残念な
来なば映《は》えず）と　思いなし
四位少将《しいしょうしょう》を　迎えにと

宿の藤花《はな》
咲くの見事が
並ならば
などて君をば
待たずやあらん

わが宿の
花しなべての
色ならば
何かはさらに
君を待たまし

源氏《げんじ》君内裏に　詰め居たに
帝《みかど》へ次第　伝えるに
「得意顔ぞ」と　笑われて

「折角なるの　誘い故
早《と》くの参向　好ましや
お前姉妹の　内親王《ないしんのう》
育ちし家に　ありしかば
手厚待遇《もてなし》　必ずや」

源氏《げんじ》君装束　整えて
日もとっぷりの　頃合いに
右大臣《おとど》待ち兼ね　見計らい
やっと腰をば　上げなさる

桜襲《さくらがさね》の　色合いの
唐《から》の錦の　直衣《のうし》着て
葡萄《えび》染め色の　下襲《したがさね》
裾長々と　引きたるは
他人《ひと》の着たるの　正装の
束帯なるに　引き比べ
寛《くつろ》ぎたれど　大物と
見えたる様の　優雅さよ

斯《か》く装いし　源氏君
案内《あない》通るの　見事さに
花の色香も　気圧《けお》されて
風情色褪《あ》せ　見えるなり

【桜襲《さくらがさね》】
・襲の色目の名
　春に用いる
【葡萄《えび》染め】
・染め色の名
　ぶどうの果実の色
・織り色の名
　経糸は赤、横糸は薄紫
【下襲《したがさね》】
・束帯の時、袖幅の狭い
　胴着の下に着た衣

管弦遊び　興帯びて
夜も少しく　更ける頃
源氏《げんじ》君いかにも　酔いたりて
気分悪きの　態《てい》にてぞ
人に紛《まぎ》れて　席を立つ

源氏《げんじ》君の向かう　寝殿に
御座《おわ》すは　女一の宮
さらには　女三の宮
東対《ひがしたい》より　近付きて
戸口寄りいて　眺むるに
此処にも藤の　咲きおりて
格子なんぞを　開け放ち
御簾際《ぎわ》女房　居並べり

見るに女房ら　袖口が
まるで踏歌《とうか》の　時の様《よ》に
わざとらしくに　はみ出《い》ずを
(なんと無粋な　仰々し)
思うにふとぞ　藤壺の
奥床しきが　思い出《い》ず

「気分悪きに　無理やりの
酒の勧めに　困りおる
何卒こちら　姫様の
物陰にてぞ　お匿《かくま》い」

言いつつ御簾中　潜《くぐ》りにと

【踏歌《とうか》】
・足を踏み鳴らして歌い舞う集団舞踊

「まああこれは　源氏《げんじ》君様
身分然《さ》もなき　人なるが
縁故頼りと　来はするが・・・」

言いたる女房　見てみれば
さほど重々《おも》くは　無きものの
並の若女房《にょうぼ》で　無き様子
主人《あるじ》身分の　高きにや

空薫物《そらだきもの》が　部屋燻《けぶ》り
衣擦《きぬず》れ音の　ざわめきて
奥床しさの　然《さ》も無きは
今風好む　邸《やしき》かや

【空薫物《そらだきもの》】
・どこからともなく匂ってくるように焚く香

高貴お方を　お迎えし
ご覧じなさる　故にてぞ
主人《あるじ》姫君　戸口際《ぎわ》
設けし席に　座占めるか
こんな端近《はしぢか》　不作法なと
思うも源氏君《げんじ》　さてこそと
(斯《か》の朧月　何処《いずこ》とぞ)
逸《はや》る胸をば　ときめかせ

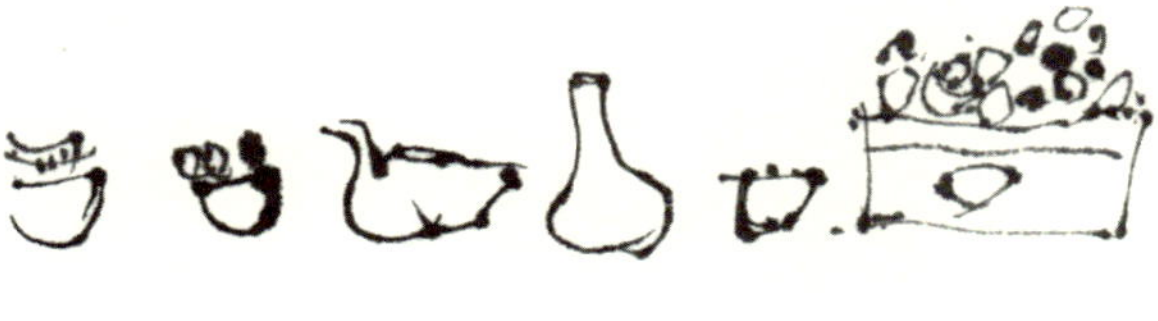

「扇を取られ　辛き目を
見る」とてわざと　おどけ声
長押《なげし》によりて　詠うにし

「帯ではなくて　扇とな
妙な高麗人《こまひと》　なるぞかし」
言うは事情の　知らぬやと
源氏君《げんじ》答えず　捨て置きて
時に嘆息《ためいき》　気配すの
辺り寄りいて　几帳越し
つい、とぞ手伸ばし　捉えてぞ

【扇を取られ】
石川の
高麗人に
帯を取られて
からき悔する
いかなる　帯ぞ
縹《はなだ》の帯の
中はた絶《いれ》たるか
かやるか　あやるか
中は絶《いれ》たるか
—催馬楽 - 石川—

仄かにと
見たあの月に
逢えるかと
探し惑うは
この月なるや

さあ如何《いかが》」とぞ　推し当つに
相手も堪《こら》え　切れずかや

あづさ弓
いるさの山に
まどふかな
ほのみし月の
影や見ゆると

「心ある
　お方なりせば
　　仮にぞや
　月無き夜とて
　　迷うべきかや」

とぞ言う声は　正にあの
朧月夜の　その女《ひと》ぞ
なんと嬉しや　源氏君

心いる
　方ならませば
　　ゆみはりの
　つきなき空に
　　迷はましやは

巻末資料

年立
光源氏・夕霧・薫と姫君たち
（附・光源氏と帝周辺）

年　立

巻	年齢	主な出来事	他の登場人物ほか
若紫	18歳 春	・3月下旬、源氏君、瘧病の治療に北山の聖を訪ねる	
		・加持の合間、源氏君は供人と周辺の山を散策 ・播磨守の子から、明石の入道一族の噂を聞く	
		・源氏君、夕刻に僧都の坊を訪ね、垣間見る ・小柴垣越しに見た、藤壺似の少女（若紫）に驚く	
		・僧都から若紫が藤壺の姪であることを聞く ・源氏君、養育を申し出るが断られる	
		・源氏君、若紫を想い、眠れない夜を過ごす	
		・源氏君、祖母の尼君に若紫の養育を所望するも、拒絶さる	
		・帰京に際し、北山の人々と宴を催し、別れを惜しむ	
		・山中で迎えに来た頭中将や僧都らと宴に興じる	
		・葵上との反りが悪く、若紫を想い北山に消息	
	夏	・源氏君、里下がりの藤壺に迫り逢瀬 ・両者共の苦悩	
		・6月、藤壺懐妊 3ヵ月 ・源氏君、異様な夢を占うにより、将来を予知	
	秋	・藤壺、宮中に帰参	
		・9月、北山から尼君帰京するも 20日ごろ死去	
		・朱雀院への行幸のため、舞楽などの準備	
	冬	・源氏君、尼君の裳明けに若紫邸を訪ね、一夜を	
		・若紫の父・兵部卿宮、若紫を引き取る意向	
		・源氏君、父宮に先行して、若紫に赴き、二上院へと ・父宮、若紫側、困惑	
		・源氏君、懇切に世話、若紫もなつく	

年立			
巻	年齢	主な出来事	他の登場人物ほか
末摘花	18歳 春	・源氏君、亡き夕顔を偲ぶ	
		・大輔命婦、源氏君に末摘花の存在を知らせる ・源氏君、大輔命婦に手引きを頼む	
		・源氏君、十六夜の朧月夜に末摘花邸に忍び入る ・末摘花の弾く琴を聞く	
		・後を付けてきた頭中将に見咎められる	
		・源氏君、頭中将、牛車に同乗し左大臣邸へ	
		・源氏君、頭中将と末摘花を競い合う	
		・源氏君、瘧病を患う	・病祈祷で北山へ ・若紫を垣間見
	夏	・源氏君、藤壺との密事に悩む	
	秋	・8月20日すぎ、源氏君、末摘花と愛情を交わす ・ちぐはぐな後朝の文の贈答	
	冬	・源氏君、朱雀院行幸の準備に追われる	
		・源氏君、若紫を慈しみ、他の女から遠ざかる	
		・源氏君、雪の夜に末摘花を訪ね、貧困ぶりに同情	
		・翌朝、末摘花の容貌に愕然するも、末永世話を思う	
		・随身に橘樹に積もった雪を払わせる	
		・中門の荒廃ぶりを目にし、門番に同情する	
		・源氏君、末摘花の生活を援助しつつ ・改めて、空蝉の人柄を想起	・若紫を二上院へ
		・末摘花、源氏君に正月の晴れ着を贈る ・源氏君、陳腐な歌や古ぼけた衣服に辟易	
		・翌日、源氏君、大輔命婦に冗談を言い、返歌を渡す	
		・大晦日、源氏君は末摘花に正月の晴れ着を贈る	
	19歳	・正月7日夜、源氏君、末摘花を訪ねる	
		・翌朝、二上院に戻り、若紫と戯れ遊ぶ	

年　　立

巻	年齢	主な出来事	他の登場人物ほか
紅葉賀	冬	・桐壺帝の朱雀院行幸を前に、清涼殿で試楽 ・源氏君、頭中将と共に青海波を舞い絶賛	
		・その夜、桐壺帝は藤壺に舞楽の感想を求める	
		・翌朝、青海波をめぐり源氏君と藤壺と歌贈答	
	18歳	・10月10日過ぎ、朱雀院行幸 ・源氏君・頭中将青海波を舞う ・源氏君正三位に、頭中将は正四位に	
		・葵上、若紫の噂を聞き不快感を抱く	
		・源氏君、三条宮の藤壺を訪問 ・来合わせた兵部卿宮と歓談	
		・12月末、若紫祖母の服喪を終え、除服	
	春	・元旦、源氏君、朝拝のため参内 ・参内間際に若紫の様子を	
		・源氏君、内裏から左大臣邸に退出 ・左大臣、源氏君にて石帯を贈る ・源氏君、内裏・東宮・一院から三条宮に参賀	
	19歳	・2月10日過ぎ、藤壺、皇子を出産 ・源氏君と藤壺、良心の呵責に	
	夏	・4月、皇子参内	
		・源氏君と藤壺、皇子をめぐり撫子託しの歌を贈答	
		・源氏君、成長した若紫と箏を演奏し、絵を眺める ・若紫をいつくしみ外出も憚る	
		・桐壺帝、若紫の風評を耳にし源氏君を訓戒	
		・源氏君、源典侍と戯れ、頭中将に脅かされる	
	秋	・藤壺、立后して中宮に ・源氏君、参議に。藤壺の参内に供奉 ・桐壺帝、皇子を東宮にするため譲位を決意	

年立			
巻	年齢	主な出来事	他の登場人物ほか
花宴	春	・2月20日過ぎ、紫宸殿で花の宴	
		・探韻によっての作詩会	
		・源氏君が春鶯囀を、頭中将が柳花苑を舞い、絶賛	
		・源氏君に対する弘徽殿女御の憎悪深まる ・藤壷中宮、複雑な思いで独詠歌	
		・花宴の夜、源氏君宮中を徘徊、弘徽殿内に忍び入る ・朧月夜と遭遇、一夜の契り	
		・翌朝、素性を明かさぬ女君と扇を交換して別れる	
	20歳	・後宴が催さる ・源氏君、良清や惟光に右大臣女君の身元を探らせる	
		・源氏君、二条院の若紫に対面 ・その後、左大臣邸へ、左大臣と歓談 ・葵上は相変わらずの素っ気ない対応	
		・3月20日過ぎ、右大臣邸で弓の会 ・その後、藤の宴が催さる	
		・四位少将の迎えに応じ、源氏君遅れて参加	
		・源氏君、酔ったふりで、朧月夜を探す	
		・探し出し、几帳越しに手を捉え、歌の贈答	

■光源氏・夕霧・薫と姫君たち（その1）

帖	源氏年齢	光源氏と姫君たち														
		藤壺	葵の上	紫の上	六条御息所	朧月夜	花散里	明石の君	梅壺	明石の姫	空蝉	軒端荻	夕顔	末摘花	源典侍	朝顔
桐壺	1-12	○ 母に瓜二つと言われ思慕	○ 左大臣の娘を妻に													
帚木	17										伊予介の妻に忍び込む ○					
空蝉	17										再度の忍び込みも抜け出される ○	空蝉と取り違えるが契る ○				
夕顔	17				○ 元からの恋の相手 ○──生き霊？──→								乳母の見舞いに出会う ○ ○ 取り殺される			
若紫	18	○ 密通		○ 垣間見・邸に連れ去る（若紫は藤壺の姪）												
末摘花	18													頭中将と求愛競い・ある朝容姿に・・・ ○		
紅葉賀	18-19	○ 不義の子誕生（後の冷泉帝） ○ 中宮に													老女相手に頭中将と求愛競い ○	
花宴	20					○ 酔った弾みで契り・相手は弘徽殿女御の妹										
葵	22		○←車争い→ ○ 夕霧誕生 ○←生霊 死去	○ 正妻に	○ ○											
賢木	23-25	○ 東宮を守るため出家			○ 自らの生霊を悩み伊勢へ	○ 密会現場を右大臣に発見される										
花散里	25						（桐壺院の女房の妹）○ 久しい訪れにも、こころ和む迎え									
須磨	26-27	＜官位を奪われ、尚の追及を逃れるため須磨へ＞														
明石	27-28							○ 入道の誘いに負け契りを結ぶ								
澪標	28-29				○ 死去（娘を託す）			○ 明石の姫誕生 ○ 住吉神社の出会い→身分違いを痛感逃げ帰る								
蓬生	28-29													待つ身を源氏が訪う（後二条東院へ）○		
関屋	29										逢坂での出会い（後二条東院へ）○					
絵合	31								（六条御息所の娘・後の秋好中宮）○ 冷泉帝に入内							
松風	31						○ 二条東院西の対へ	○ 明石から大堰邸へ								
薄雲	31-32	○ 死去　＜冷泉帝、出生の秘密を知る＞								○ 二条院へ・紫の上の養女として養育						
朝顔	32														思いがけず遭遇 ○	長年の恋心にもつれない対応 ○

■光源氏・夕霧・薫と姫君たち（その2）

帖	源氏年齢	夕霧・玉鬘とその周辺											
		紫の上	六条御息所	朧月夜	明石の君	夕霧	雲居雁	玉鬘	蛍宮	柏木	髭黒	女三の宮	落葉宮
少女	33-35	淡い恋を内大臣が引き裂く				○——	○	（内大臣＝元頭中将・雲居雁の父）					
玉鬘	35			（玉鬘＝頭中将と夕顔の娘）				○	長谷寺で右近と出会う、六条院へ				
初音	36				＜六条院で迎える新年、源氏姫たちへ挨拶＞								
胡蝶	36		玉鬘への求愛：蛍宮・髭黒・柏木・源氏					○					
蛍	36							○←—	○	口説き中に蛍が・・・			
常夏	36				＜内大臣、行方知れずの娘を探す→近江の君＞								
篝火	36							○	源氏、和琴を教えるを口実に				
野分	36	○←煽られた御簾内に垣間見る—				○——→		○	源氏との親密場面を見てしまう				
行幸	37		＜源氏、大宮を通じ内大臣に実の娘であると告げる＞					○	裳着の儀式				
藤袴	37					○—求愛→		○	源氏に玉鬘への思いの本心を追及				
真木柱					三夜通いの末結婚			○———— 本妻、真木柱を連れ実家へ			○		
梅枝	39						○	内大臣の言葉を誤解→夕霧を恨む					
藤裏葉	39		東宮妃として入内		○	○——	○	仲を許される ＜冷泉院・朱雀院、六条院へ行幸＞					
若菜上	39-41			○ 源氏、またも通い始め			源氏、朱雀院のたっての願いで妻とする			○—垣間見→		○ ○	
若菜下	46-47	○ 出家申し出も源氏が拒否 ○ 病状悪化 ○←—	○ 死霊現れ息を吹き返す				思いを遂げる			○——→		○	
柏木	48					○←妻の落葉宮を託す—				○ 死去		○	薫誕生・出家
横笛	49					○—見舞い、貰った横笛は源氏の手に→							○
鈴虫	50				＜女三の宮の憂鬱を慰めようと・・・＞								
夕霧	50					○—迫るが不首尾→一条御息所の抗議→ようやく夫婦の契りに成功							○
御法	51	○ 出家の願いも叶わぬまま死去											
幻	52				＜深い悲しみの覚めやらぬ源氏＞								

■光源氏・夕霧・薫と姫君たち（その3）

帖	薫年齢	薫とその周辺					
		薫	八宮	大君	中君	匂宮	浮船
匂宮	14-19	○ 自分の素性に疑問を持つ					
紅梅	24	＜真木柱と再婚した柏木の弟の紅梅の家族の話＞					
竹河	14-23	＜鬚黒亡き後、玉蔓が娘たちの嫁ぎ先を悩む話＞					
橋姫	20-22	○→ ○→	○ 仏道極めにと宇治へ通う	○ 八宮の留守に姉妹を垣間見	○ （この時、老女房より出生の秘密を知る）		
椎本	23	○ 恋心を打明け→	○ 訓戒を残し死去	○			
総角	24	○ 迫りはするが・・・→		○ ○ 妹を心配・悩み、やがて死去	○←	○ 通いに成功	
早蕨	25				○→	○ 二条院へ	
宿木	24-26	○ 迫るが抵抗に会い諦め→ ○← 大君にそっくりな人がと・・			○ ○		
東屋	26	中君のいる二条院に託されたのを発見し迫る ○ 三夜の契り・宇治の山荘へ→				○→	○ ○
浮船	27				薫の声音で騙し思いを遂げる	○→	○ 二人の男の思いのはざ間で悩み死を決意 ○
蜻蛉	27						失踪、遺品の火葬で葬儀 ○
手習	27	○ 浮船らしき噂が耳に・・・					発見した横川僧都の手で出家 ○
夢浮橋	28	○ 僧都を通じ使いを送るが返事は来ない					

附【光源氏と帝周辺】

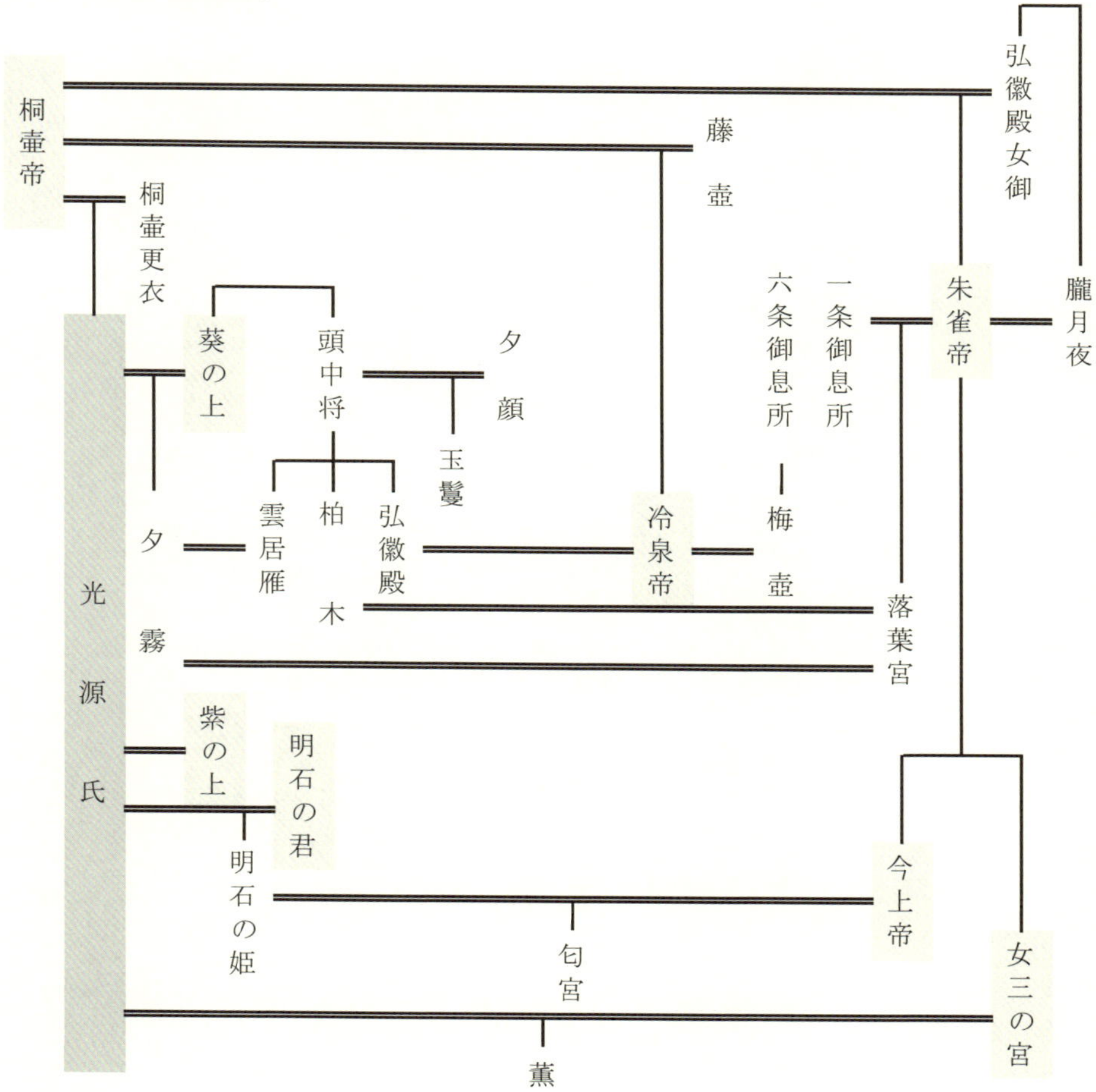
弘徽殿女御
桐壷帝
藤壷
桐壷更衣
朱雀帝
朧月夜
六条御息所
一条御息所
葵の上
頭中将
夕顔
玉鬘
光源氏
夕霧
雲居雁
柏木
弘徽殿
冷泉帝
梅壺
落葉宮
紫の上
明石の君
明石の姫
今上帝
女三の宮
匂宮
薫

繋がる言葉、生きている言葉

上野　誠

今夏パリに遊んだ。セーヌは流れ、大伽藍は崇高なる精神を表す街。そして、食事は美味しい——。

しかし、それらは、舞台装置や大道具でしかない。主役は何かといえば、やはり語り合う人びとの声だ。人との出逢いだ。

「ムッシュー」と呼びかけられ、しばらく早口のフランス語で話しかけたあと、当方フランス語不如意と分かると、ゆっくりと英語で話しかけてくるギャルソン。その自然なこと。私は、パリにいるのだ、と実感した瞬間である。

小倉山に鹿の声を聞き、宇治川の流れに無常を知る。そんな人びとが、歌い語った物語を、今の日本語に置き換え、それも、気取った言葉ではなく、市場や食堂で語られる言葉に置き換える。それでも、われわれは、源氏物語を書いた日本語の使い手の末裔なのだ。百人一首を編纂した中世の文学者の末裔なのだ、と思う瞬間がある。言葉は、繋がっているのだ。言葉は、生きているのだ。

　中村さんの本を読んでいて思うのは、肩の力を抜いて、普段着を着ている時に使っている言葉で語ったらこうなるよ、という中村さんのマジックだ。

　一時体調を崩されていたというが、その後、筆は進みつつあると聞く。私は、この本の完結の日を心待ちにしている。中村さん、ぼちぼちやって下さい――。

（うえの・まこと／奈良大学教授）

あとがき

思わぬ病を得て、死を覚悟した。

半年ばかりの入院で退院。

すぐにでも回復をとの思いにかかわらず肺機能は戻らず、未だに息がすぐ上がる。

もどかしさが堪らない。

なんともあさましいものである。

そうこうしているうちに五十肩、リウマチが出てパソコンもままならなくに。

そして退院後一年が過ぎようとしている。


人生悪いことばかりではない。

パソコン操作にとアシスタントを得た。

手書き（作者）・パソコン（アシスタント）の共同作業が始まった。

進行スピードは、一人でやっていたに比し上がっている。

災い転じて・・・・・か。

本書、七五調源氏物語・第二巻はその成果である。

『源氏』は面白い。

当時は言うに及ばず、時代を経て現代においても女性方の心を捉えるの諸《うべ》なるかなである。


七十路を越しての「源氏訳」は死病とか。

特に男にして。

斯かるジンクスを打ち破るべく、進まねばなるまい。

平成27年　盛夏・半夏生の日

中村　博

中村　博　「古典」関連略歴

昭和17年10月19日　堺市に生まれる
昭和41年　3月　　　大阪大学経済学部　卒業

・高校時代：堺市成人学校にて犬養孝先生講義受講
・大学時代：大阪大学　教養・専門課程(文学部へ出向)で受講
・夏期休暇：円寿庵で夏期講座受講
・大学&卒後：万葉旅行多数参加

………………………………

・H19.07.04：ブログ「犬養万葉今昔」掲載開始　至現在
http://blog.goo.ne.jp/manyou-kikou/
・H19.08.25：犬養孝著「万葉の旅」掲載故地309ヵ所完全踏破
・H19.11.03：「犬養万葉今昔写真集」犬養万葉記念館へ寄贈
・H19.11.14：踏破記事「日本経済新聞」掲載
・H20.08.08：揮毫歌碑136基全探訪（以降新規建立随時訪れ）
・H20.09.16：NHKラジオ第一「おしゃべりクイズ」出演
《内　容》「犬養万葉今昔」
・H24.05.31：「万葉歌みじかものがたり」全十巻刊行開始
・H24.07.22：「万葉歌みじかものがたり」「朝日新聞」掲載
・H25.02.01：「古事記ものがたり」刊行
・H26.05.20：「万葉歌みじかものがたり」全十巻刊行完了
・H26.12.20：「源氏物語」全十五巻刊行開始

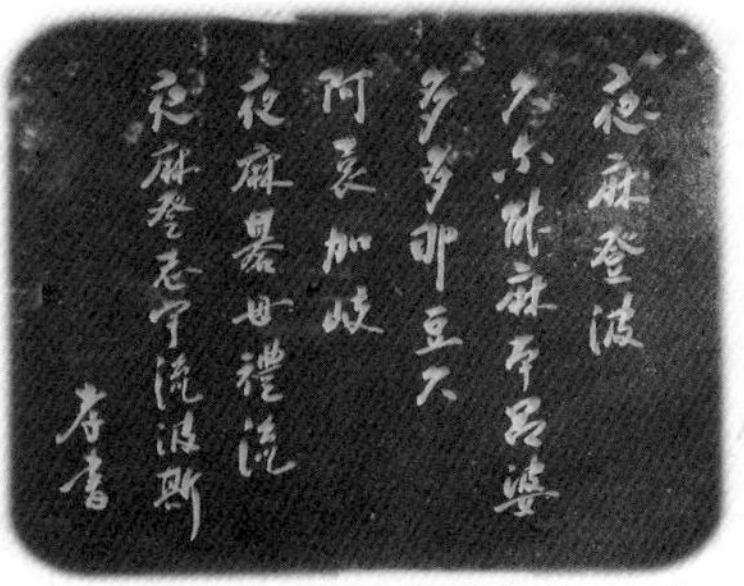

犬養孝先生揮毫「まほろば」歌碑（春日大社）

《国随一《ずいいち》の　大和国《やまとくに》
重なる山の　青垣が
囲む大和は　雲はるか
愛《いと》しの大和　愛《いと》しや大和》

倭《やまと》は
国のまほろば
畳《たた》づく
青垣
山隠《やまごも》れる
倭《やまと》し愛《うるわ》し
――倭建命《やまとたけるのみこと》――
（「古事記」歌謡三十一）

古語擬い腑に落ちまんま訳
七五調　源氏物語 2

発行日
2015年8月20日

著者
中村　博

制作
まほろば 出版部

発行者
久保岡宣子

発行所
JDC出版
〒552-0001　大阪市港区波除6-5-18
TEL.06-6581-2811(代)　FAX.06-6581-2670
E-mail : book@sekitansouko.com
郵便振替　00940-8-28280

印刷製本
前田印刷（株）

万葉の世界を「短か」に「身近」に―

中村 博 著

一億人のための 万葉集

万葉歌みじかものがたり

全十巻 シリーズ

犬養万葉の申し子　渾身の力作　万葉風土学泰斗　犬養孝博士の愛弟子描く万葉世界文法・古語辞典・古典教養なしで、味わえる万葉「**万葉歌みじかものがたり**」により、万葉時代の歌人が、何を、どのように感じ、こころ思いのあれこれを、如何に吟じていたかが、歌の理解と共に見えてくる。短編物語風の「**短か**」ものがたり。現代風で親しみ易い「**身近**」ものがたり。

全十巻 好評発売中！

A5判並製／各1,300円＋税

お求めは全国書店、またはJDC出版へ

JDC出版
〒552-0001 大阪市港区波除6丁目5番18号 TEL.06-6581-2811 FAX.06-6581-2670
E-mail : book@sekitansouko.com http : //www.sekitansouko.com

中村　博　古典ものがたり

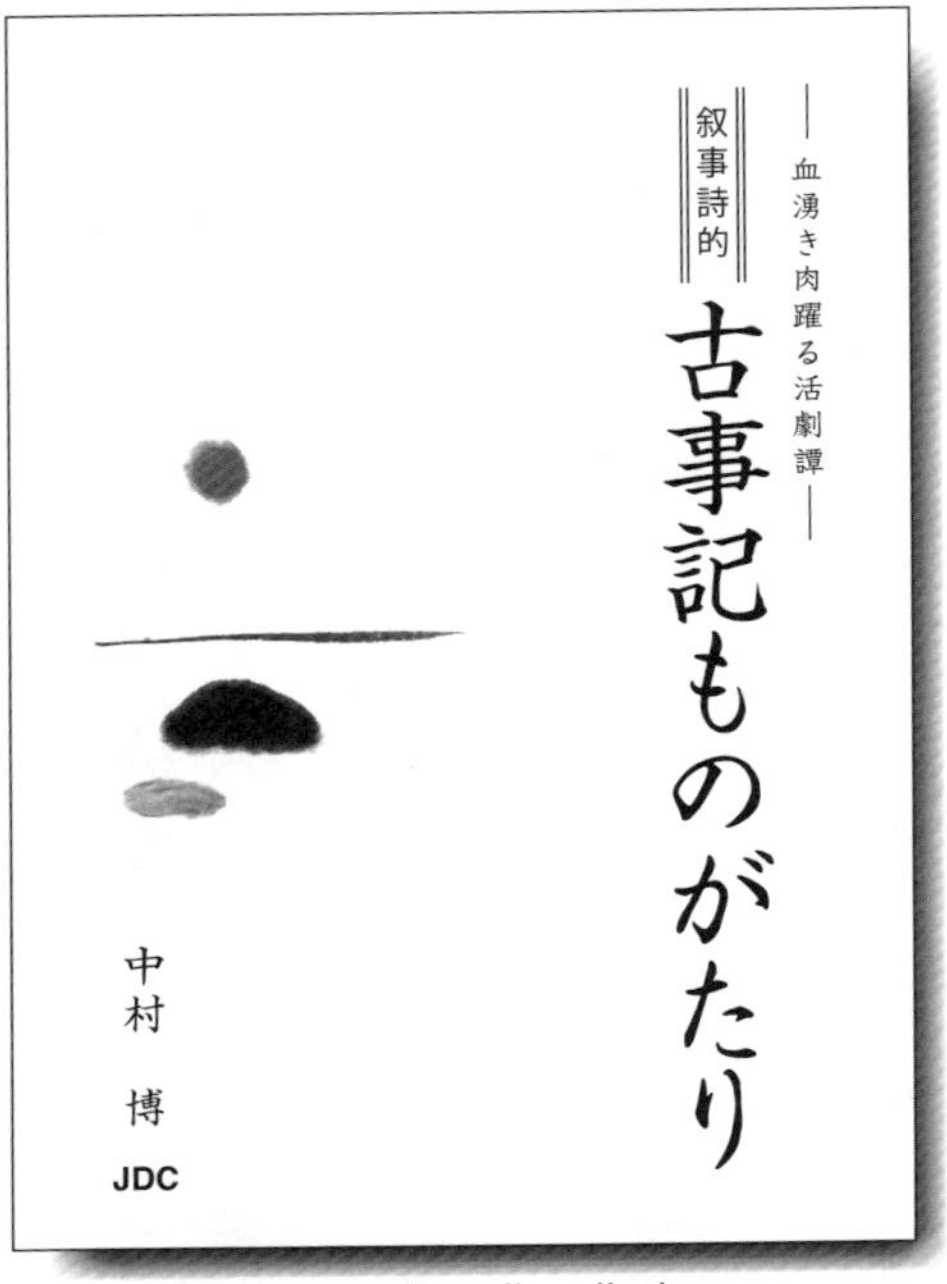

絢爛！平安王朝絵巻
解き放たれた姫たち
たすきつなぎ
ものがたり百人一首
中村　博
A5判／260頁／1300円

叙事詩的
古事記ものがたり
—血湧き肉躍る活劇譚—
中村　博
A5判／200頁／1300円